天籟吟社百年紀念叢書

天籟吟社先賢詩選

楊維仁
張家菀
莊岳璘

合編

「天籟吟社百年紀念叢書」出版緣起

　　大正 11 年（1922）10 月 22 日，林述三先生在大稻埕礪心齋書房創立天籟吟社，到今年（2022）正好是一百年的歷史。期間歷經林述三先生、林錫麟先生、林錫牙先生、高墀元先生、張國裕先生、歐陽開代先生六任社長，民國 100 年（2011）歐陽社長任內登記立案爲「臺北市天籟吟社」，歐陽開代先生榮任第一屆、第二屆理事長，姚啓甲先生榮膺第三屆、第四屆理事長，繼由維仁承乏第五屆、第六屆理事長。今年維仁與全體社員迎接一百週年大慶，我們深刻體認到，因爲歷任社長、前任理事長的貢獻，以及爲數眾多的先賢和前輩奠定基礎，天籟的薪火才能傳承至今，光耀百年。

　　悠悠百年，的確是一段漫長的時光。一百年間物換星移，政權更迭，科技日新，社會環境急遽變遷，生活方式更有極其巨大的改變，但是我們的天籟吟社依舊舉辦擊缽的例會，依舊寫作傳統的詩詞，依舊傳唱古老的吟調——猶如一百年前。但是，我們不僅是承接前賢的遺緒而已，張國裕故社長任內發行《大雅天籟》、《天籟元音》、《天籟吟風》詩詞吟唱專輯唱片，發揚天籟吟調；歐陽開代理事長任內開始每月舉辦「古典詩詞講座」，迄今已歷經十一年，辦理一百多場的演講；姚啓甲理事長任內創辦「天籟詩獎」，每年獎勵推動古典詩風，今年堂堂邁入第五年。天籟吟社不僅繼承傳統詩社的精神，近十幾年來更是積極創新突破，寫下歷史的新篇。

　　今年本社欣迎一百週年大慶，除了舉辦全國詩人聯吟大會之外，並辦理學術研討會，而且委由萬卷樓圖書公司出版「天籟吟社百年紀念叢書」一套四冊，分別是《天籟吟社先賢詩選》、《天籟吟社舊籍復刻》、《天籟吟社百年紀念學術研討會論文集》、《天籟詩獎得獎作品

集2018~2022》，希望能以這四本書籍的出版，作為天籟百年大慶的賀禮。

本社歷史悠久，詩人輩出，但是諸多先賢之中，有專集行世者屈指可數，為不使先賢詩作湮沒在故紙之中，我們決定編印《天籟吟社先賢詩選》。此書由本社張家菀女史、莊岳璘先生與維仁合編，選錄林述三先生、林笑岩先生、曾笑雲先生、陳鐵厚先生、黃笑園先生、鄞威鳳女史、林錫麟先生、林錫牙先生、凌淨嫆女史、傅秋鏞先生、姚敏瑄女史、高墀元先生、林安邦先生、張國裕先生、莫月娥女史十五位先賢詩作，並附小傳。這本詩選可以作為古典詩欣賞與吟唱的讀本，也可以從先賢的生平與作品之中，看見天籟吟社與臺灣古典詩壇的吉光片羽。

除了選輯先賢作品之外，我們也復刻本社舊籍，委請本社社員、臺灣師範大學國文學系何維剛教授主編，讓這些刊本以原有的面貌，重新與世人見面。感謝本社耆老葉世榮先生提供《天籟》第七期到第二卷第二期（約1950至1953），國家圖書館提供《藻香文藝》第一到五期（1931），中華民國傳統詩學會副理事長黃哲永先生提供《天籟吟社集》（1951），付梓之前又很榮幸由臺灣大學臺灣文學研究所黃美娥教授提供珍貴文獻《天籟新報》創刊號（1925）。從這四種天籟舊籍的復刻版本，我們可以看到日治時期以及戰後初期的天籟吟社剪影，也可以窺見當時詩壇與社會的概況。期望《天籟吟社舊籍復刻》的出版，對於研究天籟社史或臺灣詩史，能夠有所貢獻。

天籟吟社傳承百年，是臺灣少數超過百年歷史的文學社團，這在臺灣文學史上，應該有其獨特的地位，可惜迄今只有潘玉蘭女史的《天籟吟社研究》（2005）是唯一研究天籟吟社的學位論文，其他有關天籟吟社相關之單篇論文也極為稀少。我們藉著慶祝百年社慶的機緣，委請中正大學台灣文學與創意應用研究所所長李知灝教授辦理「天籟吟社百年

紀念學術研討會」，邀請學者專家專題演講、發表論文、與談講評，並由李知灝所長編輯成為《天籟吟社百年紀念學術研討會論文集》，以彰顯諸位專家學者對於天籟吟社相關研究的成果，並使臺灣文學的研究者和愛好者更能進一步認識天籟吟社。

天籟吟社名譽理事長姚啓甲先生在 2018 年本社理事長任內創辦「天籟詩獎」，推動社會大眾與青年詩友創作古典詩的風氣與水準。「天籟詩獎」由姚理事長獨自贊助所有的經費，天籟吟社全體社員共同辦理，迄今已經連續舉辦五年，放眼臺灣詩壇，這是民間人士與詩社推動古典詩風難能可貴的壯舉！五年以來積稿成帙，於是委由本社總幹事張富鈞博士主持編務，輯為《天籟詩獎作品集 2018~2022》，以典藏天籟詩獎歷年得獎詩作，並作為當代臺灣古典詩創作之記錄。

今年我們天籟吟社全體社員極其榮幸、無比歡欣迎接一百週年社慶，維仁忝任理事長，臨深履薄，戰戰兢兢，惟恐自己能力不足，有負師長與先進諸多的期許，幸賴葉世榮老師、歐陽開代前理事長、姚啓甲名譽理事長指導，各位理監事與社員同仁群策群力，所有活動都在順利籌辦之中。感謝萬卷樓圖書公司合作出版「天籟吟社百年紀念叢書」一套四冊：《天籟吟社先賢詩選》、《天籟吟社舊籍復刻》即將在今年 11 月發行，《天籟吟社百年紀念學術研討會論文集》、《天籟詩獎得獎作品集 2018~2022》也預計在明年 2 月出版。謹在本叢書印行之前，記敘出版緣由如上，並對負責編輯事務的李知灝先生、張富鈞先生、何維剛先生、張家菀女史、莊岳璘先生獻上最深的謝忱。

臺北市天籟吟社理事長 楊維仁 謹誌

《天籟吟社先賢詩選》序

　　詩教之興，關乎運會，運會所趨，風起雲湧，磅礴莫之能遏。明末沈斯庵太僕之福臺新詠暨清末唐薇卿中丞之斐亭、牡丹吟社，並爲著名事例，至今壇坫莫不虔歌其肇始之偉功。殆夫乙未割讓以迄樞府播遷之役，百年之間，我臺競結吟社，各以詩鳴，官紳名士，固不論已，而魚鹽賈客，無不能詩，南北于喁，輒藉聯吟互通聲氣，此又運會所趨，關乎詩教之最佳腳注也。

　　日治初期，科舉既廢，士君子乃藉吟詠抒發其抑鬱牢騷之氣，霧峰櫟社首開其端，冀望因詩推及漢學，而民族精神之維繫，於茲是賴，即其所揭櫫「無用之用」者是也。臺灣詩社既興，群起響應，詩家輩出，結社之風，遂走出象牙之塔，遍及都邑山陬。推究各社因由，或邀集同道，砥礪斯文，或結合同儕，業餘遣興，或師門切磋，兼資學業，不一而足。回顧百年騷壇脈絡，如臺北天籟吟社之例，實寥寥可數，其克承礪心齋之錚錚風骨，依然爲詩家所傳頌也。

　　粵稽天籟吟社之創始也，實淵源礪心齋師門雅集。礪心齋者，淡北宿儒林述三先賢之書房也。時代風氣推移，乃有結社之議，遂於大正十一年十月二十二日，於礪心齋召開天籟吟社創立總會，預定社員三十名，是日出席二十餘名，遂舉林述三爲社長。自是輒開擊鉢吟會，社員亦參加其他社外聯吟會，嚶鳴求友，天籟社務發展愈爲茁壯，昭和五年十月，於八週年紀念會議定發行《藻香文藝》，即於翌年十一月首刊，以社長爲主稿，社員吳紉秋任編輯，目的在連絡島內詩社，護持風雅於不墜，惜僅發行若干次，即因經濟支絀終止，其事雖中輟，而勇於創始之雄心，騷壇先進猶傳爲美談也。

　　歲月不居，人事代謝，彈指之間，百歲光陰忽焉而逝，林述三社長之後，大雅扶輪，代有賢達，林錫麟、林錫牙、高墀元、張國裕、歐陽開代諸先進，分膺社長。歐陽開代社長任內，臺灣各地詩社依法立案爲人民團體，漸次蔚爲風氣，本社遂奉准登記立案爲「臺北天籟吟社」，並改制爲理事會，推選歐陽開代社長爲第一、二屆理事長，姚啓甲先生繼之，爲第三、四屆理事長。第五、六屆理事長，則由楊維仁先生任之，任內且巧逢天籟吟社創立百年之慶。

　　回顧百年發展軌跡，歷任社長、理事長，亦各有建樹，其犖犖大者，林述三及林錫麟、林錫牙等社長傳唱之「天籟調」唱腔，至今獨樹一幟，最受騷壇所青睞，張國裕社長任內，且發行《大雅天籟》、《天籟元音》、《天籟吟風》等詩詞唱片，實開臺灣詩社錄製唱片之先河，天籟調之發揚尤無遠弗屆矣。歐陽開代社長任內，則月辦「古典詩詞講座」，至今廣受歡迎。姚啓甲理事長更創辦「天籟詩獎」，俾鼓舞社內外古典詩寫作之突破與創新，深受社會各界所重視。

　　天籟吟社百年大慶，先期楊維仁理事長已預爲規劃，動態活動有二，一曰全國詩人聯吟大會，一曰學術研討會，邀集詩友大揮如椽之筆，同歌獻頌之章。探討天籟發展之源流，追溯吟腔傳播之途徑。此外，別有「天籟吟社百年紀念叢書」規劃，合《天籟吟社先賢詩選》、《天籟吟社舊籍復刻》、《天籟吟社百年紀念學術研討會論文集》、《天籟詩獎得獎作品集 2018–2022》四冊爲一套。其《天籟吟社先賢詩選》一集，顧名思義，所選皆社中前輩，凡十五人，小傳附焉。由楊維仁理事長、張家菀女史、莊岳璘先生，分別進行。數月埋首於斯，終底於成。他時風簷展讀，仰瞻前輩典型，必當獲益於無窮也。

　　所選各以二十首爲度，約得三百首之數，佳什琳瑯，必當永傳藝苑，爲騷壇生色。統觀先賢諸詩，大抵以吟會擊鉢及課題爲主，應酬次韻次之。僅有少數及於閒情之詠者，蓋吾臺風氣如是，自斐亭結社以來，深受閩中擊鉢吟之影響，初殆欲藉此吟會，俾朋簪聚首，選韻鬮題，鬥捷爭工，寓鼓舞漢學於消遣，久之遂令詩人偏好斯道，連雅堂嘗歸諸「亦時會之使然歟？」乃是。而細加揣摩，仍不無印證「無用之用」之價值在焉，試歸納數端：或借題發揮，針砭時政，如林述三先賢「題高帝斬蛇圖」、林笑岩先賢「鸚鵡」、「三字獄」是也。或設想奇特，指刺舊俗，如高墀元「走赦馬」是也。或詠吟災劫，哀憫黔黎，如林錫麟先賢「傷震災」是也。或慶弔成篇，永存史料，如曾笑雲先賢「康海秋兄入選南州主催全國書道大會賦似」、傅秋鏞先賢「哭笑雲窗兄」是也。或事物時髦，詫異炫奇，如林述三先賢「電話」、凌淨鎔先賢「熨髮」是也。他如紀遊之留題，詞藻之優雅，俱有足資咀嚼英華者，讀者當能一編在手，細細品味也。

　　《詩》有之曰：「周雖舊邦，其命維新」，斯集初稿整編藏事，幸先讀爲快，楊理事長命序於余，余生也晚，雖側身壇坫近半世紀，而天籟前輩得交接者僅二三君子，天籟百年大慶，躬逢其盛，焉敢以不文辭。余維晚近騷壇式微，有心同慨。所望社運維新，詩歌鳴盛。繼往開來，賡礪心齋之教澤，揚風扢雅，播天籟調之元音，爲吾臺詩教之興再創新猷也。是爲序。

　　　　壬寅孟秋地藏王菩薩降誕日，**林文龍**謹序於彰化和美之鄰坡室

編輯凡例

一、《天籟吟社先賢詩選》由編輯楊維仁、張家菀、莊岳璘選出天籟吟
社先賢十五人：林述三先生、林笑岩先生、曾笑雲先生、陳鐵厚先生、
黃笑園先生、鄞威鳳女史、林錫麟先生、林錫牙先生、凌淨嫆女史、
傅秋鏞先生、姚敏瑄女史、高墀元先生、林安邦先生、張國裕先生、
莫月娥女史，依照年齡排序。

二、林述三先生、鄞威鳳女史、林錫麟先生、高墀元先生、張國裕先生
由楊維仁負責編選，林笑岩先生、曾笑雲先生、黃笑園先生、姚敏
瑄女史、莫月娥女史由張家菀負責編選，陳鐵厚先生、林錫牙先生、
凌淨嫆女史、傅秋鏞先生、林安邦先生由莊岳璘負責編選。

三、每位先賢選刊詩作二十首，詩選之前，立小傳一篇記錄作者生平梗
概。惟鄞威鳳女史與姚敏瑄女史傳世之詩不多，所錄不及二十首。

四、本書選錄之先賢詩作均註明出處，凡遇多重版本之作品，由編者逐
選其一版本，不特別另外標注各版本之比對。若遇特殊狀況，則另
加註解說明。編者註明出處，所用的「原刊於」僅代表此詩收錄於
某刊物，並非代表首度刊登之意。

五、本書所錄詩作之詩題，以出處原刊詩題為準，若遇特殊狀況，則另
加註解說明。

六、本書所錄詩作之中，凡原屬錯別字者，均由編者校正，並註明理由。
凡遇古今字、異體字、俗體字，則逐改為正體字，不另說明。

七、本書所錄詩作之原稿如標示傳統句讀或無標點，編者一律改為新式

標點符號，以利現代讀者閱讀。

八、本書註解中凡引用作者原註者，均標示「作者自註」，其餘係編者
所註。凡編者所註，則註明引用資料來源，以俾讀者參考。

九、陳鐓厚先生編輯之《天籟吟社集》（臺北市：芸香齋，1951 年）因
採線裝頁碼方式，同一頁碼分為前後兩頁。本書凡引用《天籟吟社
集》之資料者，頁碼分別以「上」、「下」表示，以作為區別，例如：
「頁 8 上」、「頁 8 下」。

十、礪心齋同學會所編輯之不定期詩刊《天籟》，各期均未編排頁碼，
本書凡引用《天籟》之資料者，皆無法標示頁碼。

目　次

林述三先生詩選

先賢小傳

　　林纘（1887～1956），字述三，以字行。號怪癡、怪星、蓬瀛一逸夫、唐山客、苓草、尤參。祖籍福建同安，幼年就學於廈門玉屏書院，十三歲渡臺，居大稻埕。

　　祖父林藍田先生早於清咸豐元年（1851）在大稻埕興建店舖，經營「林益順」商號，是大稻埕開發建街之始。[1]日治時期，父林文德先生在大稻埕中街林益順原址設立私塾授徒講學。先生十八歲開始代父執教鞭，二十六歲父歿之後，繼承父志授徒講學，創立礪心齋書房。大正四年（1915）與張純甫、杜仰山、駱香林、歐劍窗、李騰嶽、吳夢周等詩人創立「研社」，社員皆以「癡」爲號，社址即在先生之礪心齋書房。大正十年（1921）「研社」改組爲「星社」，社員亦改以「星」爲號。大正十一年（1922）創設「天籟吟社」，社員多爲礪心齋弟子。亦曾參與瀛社，並爲松鶴吟社顧問。

　　大正十三年（1924）林述三先生與星社同人共創臺灣首份詩刊《臺灣詩報》，並擔任執筆。昭和六年（1931）

1　黃得時：〈大稻埕發展史──古往今來話臺北之二〉（《臺北文物》第2卷第1期，1953年4月），頁83；林惠正：〈大稻埕──尋訪同安人的商業成就〉（《漢聲雜誌》第20期，1989年3月），頁62－63。

與弟子吳紉秋創辦《藻香文藝》。昭和十年（1935）《風月》創刊，林述三先生出任副主筆兼會計部長。亦曾擔任《臺灣聖教報》[2]、《南瀛佛教會會報》、《亞光新報》編輯，《詩報》、《南方詩集》、《新風》、《臺灣詩壇》、《詩文之友》顧問。

先生博學多才，精《易經》，擅儒學，通佛理，工書法[3]，文學作品包含詩、詞、文、賦、小說[4]、謎語、詩話[5]、劇本[6]等多種體裁，刊載於各報章雜誌，有《礪心齋詩集》行世。又擅長吟詩誦詞，別成一格，曲調後經門下弟子及再傳弟子推廣，深受傳統詩壇與大專院校所重視，譽為「天籟調」，成為臺灣地區影響最廣的吟詩曲調。[7]

---

2 《臺灣聖教報》創刊於大正15年，社長辜顯榮，編輯人林述三，見《臺灣日日新報》（1926年3月29日），第4版。

3 陳炳華主編：《中國古今書畫名人大辭典》（天津市：天津古籍出版社，1998年），頁265；淡江大學文鑣藝術中心編：《翰墨珠林──臺灣書法傳承展作品集》（臺北縣：淡江大學文鑣藝術中心，2004年），頁123。

4 潘玉蘭：《天籟吟社研究》（臺北市：萬卷樓圖書公司，2010年），頁183，謂林述三著有《玉壺冰小說》，然未見專書行世，所著小說多種，散見於《臺灣詩報》、《天籟新報》、《風月》等多種書刊雜誌。

5 潘玉蘭：《天籟吟社研究》，頁183，謂林述三著有《礪心齋詩話》，然未見專書行世，所著詩話散見於《藻香文藝》、《南瀛佛教會報》、《風月》、《天籟》等多種書刊雜誌。

6 署名苓草在《南瀛佛教》發表〈新人生觀演藝齣〉，見《南瀛佛教》第6卷第2期（1928年4月12日），頁74，並連載於《南瀛佛教》第6卷第7期、第7卷第1期、第7卷第2期、第7卷第3期。

7 引自高嘉穗：《臺灣傳統吟詩音樂研究》（師範大學音樂研究所碩士論文，1996年1月），頁229。

　　先生作育英才無數，礪心齋門生滿淡北，向有「稻江詩界之通天教主」[8] 之稱，門人尊師重道，組織「礪心齋同學會」與「礪心齋女子同學會」，聯絡情誼並切磋詩作。長子錫麟、次子錫牙、及門弟子多為詩壇健將，再傳弟子亦多望重騷壇。民國四十一年（1952）以教育文化貢獻，榮獲臺灣省主席吳國楨頒發「風勵儒林」匾額。民國四十五年（1956）去世。民國六十六年（1977），《中國詩文之友》推舉廿五年來「詩教有功獎」十二位，此時先生已去世逾二十年，仍被列為得獎人 [9]，足見其詩教影響之深遠。

8　陳世慶：〈星社〉（《臺北文物》第 4 卷第 4 期，1956 年 2 月），頁 54。

9　《中國詩文之友》第 6 卷第 3 期（1977 年 8 月），頁 77。

詩 選

蟬琴 [10]

蒼蒼江樹暮，逸響發斜曛。

古調憐齊女，臨風獨坐聞。

敬步高肇藩君祝天籟吟社成立瑤韻 [11]

濟濟歡多士，英華集大成。

騷壇樹旗鼓，聖代事文明。

只覺人如玉，遑求世有名。

即今天籟發，一樣報詩聲。

晴雪峰 [12]

雲端浮白玉，海拔邁三千。

御氣通金闕，神靈降碧天。

高因成北鎮，秀欲入南躔。

恨不驚人句，攜來李謫仙。

---

10 原刊於《臺灣日日新報》（1915 年 6 月 4 日），第 6 版。

11 原刊於《臺南新報》（1922 年 11 月 15 日），第 5 版。

12 原刊於《臺灣日日新報》（1925 年 10 月 19 日），第 4 版，為《大屯山大八景》組
　詩之第一首。

庚寅上巳新蘭亭修禊 [13]

觀蘭步蘭亭，蘭開人祓禊。

蘭為王者香，佳日歡聯袂。

風日自清輝，聲氣尋吾契。

流風念永和，蓬島遙相繼。

藝圃麗人天，士林騷客第。

誰擅王臨川，健筆凌雲制。

三老作主人 [14]，儀表溫而屬。

辭章擲地才，謀略東山叡。

紀勝千古存，民國庚寅歲。

電話 [15]

不須縮地授壺公，愛汝西洋德律風。

安得天河牽一線，好教牛女話情衷。

畫眉　研社刻燭吟拈字成題 [16]

絕世風流付筆尖，墨痕輕染翠痕添。

鍾情欲使春山妒，吩咐雛姬好捲簾。

---

13 原刊於黃贊鈞等著：《庚寅上巳新蘭亭修禊集》（臺北市：出版者不詳，1950 年），
　　頁 21。亦見林述三：《礪心齋詩集》（臺北市：礪心齋同學會，1950 年），頁 67。

14 作者自註：「謂于右任、賈景德、黃晴園。」見林述三：《礪心齋詩集》，頁 67。

15 原刊於《臺灣日日新報》（1917 年 7 月 5 日），第 6 版。

16 原刊於《臺灣日日新報》（1919 年 4 月 25 日），第 6 版。

評詩 [17]

一樣詞華入眼中，笑將月旦馬牛風。

年來肯為艱深誤，獨愛元和古淡工。

試仿僧家詩作 [18] 四首錄一

一聲清磬夢魂醒，老衲無端仗佛靈。

笑自苦參三昧諦，也將明月照空庭。

劍潭懷古 [19]

圓山煙水淡江秋，勝蹟曾傳此地留。

回首何從追霸客，一潭劍氣滿汀洲。

江山樓雅集次林小眉見贈韻 [20]

千古精神文字誼，異鄉團聚水雲鄰。

笑言猶作燈前夢，滄海天藏一粟身。

一坳天避暑 [21] 六首錄一

洗耳清心麗眼珠，曉嵐夕照爽吟軀。

山中自有真天籟，蛙鼓蟬琴和鷓鴣。

---

17 原刊於《臺灣日日新報》（1924 年 5 月 30 日），第 6 版。

18 原刊於《南瀛佛教會會報》第 4 卷第 4 期（1926 年 7 月），頁 29。原無詩題，此題係編者所擬。

19 收錄於林述三著：《礪心齋詩集》，頁 25。

20 收錄於林述三著：《礪心齋詩集》，頁 50。

21 原刊於《天籟》第 2 期（出版日期不詳）。

送張國裕君入伍 [22]

秋高鵬翮挾風雷，當日 [23] 英雄撫髀哀。
軍事喜君還中用，戰場曾歷幾番來。 [24]

筆耕 [25]

食力莘莘一管忙，栽培桃李滿門牆。
文章自著千秋業，肯與村農較短長。

敬步雲中子仙翁乩韻 [26]

鐵橋橫度稻江東，人影真如晚日融。
岸上不聞啼國帝，沙邊靜立信天翁。
煙凝遠黛山逾碧，露墜滄波樹更紅。
一棹漁歌清入浦，問他道意與誰同。

---

22 收錄於《天籟》第 10 期（1951 年 10 月）。

23 「當日」，全臺詩編輯小組編撰：《全臺詩》（臺南市：國立臺灣文學館，2015 年）
第肆拾捌冊誤作「當自」。據《天籟》第 10 期校正。

24 編者按：先生之再傳弟子張國裕曾於 1944 年赴日本受少年飛行兵軍訓，又於 1951
年入伍服中華民國兵役，故云。

25 收錄於曾笑雲編《東寧擊鉢吟三集》，原刊於《詩文之友》第 11 卷第 1 期（1959
年 5 月），頁 36。

26 此詩《全臺詩》未錄，原刊於蘇潭編輯：《覺修錄鸞稿拾遺合冊》（臺北市：覺修
宮，1938 年），《覺修錄·天部》，頁 38－40。靈霞洞雲中子降乩：「余雲中子
也，夜來龍峒，細雨霏霏，漸駐宮中，與諸生締會詩緣，欲降一首律詩，以付篇末，
願鸞下如有詩癖不計巧拙，各步一韻，以贊覺修錄刊行，以大橋晚眺為題，詩曰：
攜杖橋頭遠望中，七星屯上雪初融。過江覓句多詩客，傍岸沽魚儘醉翁。打鴨一聲
山水綠，歸鴉幾點夕陽紅。鷺洲西去觀音在，時有鐘聲醒大同。」

星社春宴 [27]

詩思花容樂在春，席間閣上舊精神。

一番歲首談衷曲，兩地朋蹤若里鄰。

遠念互通杯箸意，交情未遜漆膠真。

枝頭有鳥聲相應，頗覺東風氣象新。

癸未一月三日礪心齋女子同窗會席上作 [28]　五首錄一

紅杏瓶中花正繁，墨香箋影爽吟魂。

吐辭明潔皆磨琢，入律宮商合議論。

此日有心追詠絮，他時無足效隨園。

綠漪詩與樓東賦，別見才華立一門。

秋日同純甫春潮夢周癡雲覺齋遊劍潭 [29]

樹根小坐亦盤桓，山水蒼青久未看。

吟意豈無思舊作，遊蹤還有展新觀。

風來秋味忘殘暑，葉下清陰覺薄寒。

眼底即今成放曠，動中共愛靜中安。

---

27 原刊於《詩報》第 174 號（1938 年 4 月 2 日），第 2 版。

28 原刊於《詩報》第 292 號（1943 年 3 月 23 日），第 2 版。

29 收錄於林述三：《礪心齋詩集》，頁 49。

題高帝斬蛇圖 [30]

無情烏兔任遷逾，無情英雄任凋枯。

大陸已成并吞國，漫嗟世上莫馳驅。

古今興廢諸事蹟，無非畫裡心目娛。

世人好奇並信怪，往往傳神為寫摹。

嬴氏暴戾乖人理，四海分崩出異符。

漢高未得中原鹿，生來早已與眾殊。

奚待斬蛇神母哭，瑞兆始得天下孚。

阿誰下筆開生面，莽莽乾坤一武夫。

雲氣隱然騰頭上，英風煥發日月軀。

隆準斗胸何颯爽，竹籜為冠揚眉鬚。

此時亭長名劉季，身外惟有驪山徒。

朦朧醉眼行豐澤，蠢爾巨蟒當前途。

式蛙未解楚王詐，暴虎休將太叔毋。

行矣壯士何畏哉，慷慨振威如此夫。

擾龍裔胄屠龍劍，三尺揮來神鬼呼。

畫意筆致俱超脫，紙上精神其來乎。

吁嗟乎，富秦之強恣蠶食，何異大蛇橫路隅。

二世三世延荼毒，殘盡生靈痛未蘇。

頑冥尚肆鯨吞志，天矯如龍莫敢趨。

咸陽鑄盡天下鐵，焚書坑盡天下儒。

---

30 原刊於《臺灣日日新報》（1917 年 1 月 1 日），第 6 版。並依全臺詩編輯小組編撰：
《全臺詩》第肆拾冊校正。

皇天震怒興火德，固宜服罪而受誅。

妖氛竟從白帝死，一斬淨卻長安區。

四百餘年欲定鼎，笑他盤踞長城妄想防胡奴。

大風歌沛承堯祚，愧殺書魚篝火作鳴狐。

我來展覽感神聖，胸懷無限起踟躕。

把筆留題發三嘆，敢曰當時此事無。

君不見奪日先驚祖龍夢，另有一幅丹青圖。

楊仲佐先生柬邀觀菊且索和其三十年種菊元韻以俗冗不獲赴遲至今冬至夜作此塞責[31]

噫嘻乎菊之愛陶後鮮有聞，三十年中乃有君。

重九幾人狂杜牧，滿頭插去日紛紛。

應念網溪生計樂，自有栗里風同群。

老圃秋容盛三徑，賢主嘉賓情十分。

石湖譜裡新名卉，雅見澆培自殷勤。

迥異屛軀對花瘦，不勞白衣送酒醺。

此間好誇陸氏宅，天隨繞舍養斯文。

平生清福輞川敵，往來勝友爛如雲。

紀念大作教學步，遲慚俗冗絲而棼。

憶昔一回邀相賞，日月轉瞬易夕昕。

我寧偷閒猶如此，幾番葉書勞郵員。

相逢錦園復招致，十日竟負兩方慇。

---

31 收錄於全臺詩編輯小組編撰：《全臺詩》第肆拾冊，頁357。

可知會合亦天數，奇偶由來易繫云。

祇今冬至宵餘雨，塞責詩成淨塵氛。

羨君素願稱如願，如舊丰姿健骨筋。

當年記得蘭盈架，更見栽蘭立一軍。

星社詩茶會　得都字 [32]

人生適意交能淡，晤對之時興共乎。

直到萬年陳不覺，欲憶疇曩轉老吾。

應時作用亦天道，一月一會寧云無。

苔岑由來成異契，我輩詎肯讓前途。

良夜藉此相過從，淺斟漫吟足宴娛。

耐久清心風味協，健思引伸妙特殊。

飲酒惡醉誰為強，解渴消閒俗自拘。

玉川癖本嫌結習，青蓮豪且讓仙乎。

與世推移尚賢聖，逸致超超總麗都。

32 收錄於林述三：《礪心齋詩集》，頁48。

林笑岩先生詩選

先賢小傳

　　林錦堂（1903～1977），字笑岩（巖），又號逸齋，以字行。明治三十六年（1903）生，臺北縣人。師事礪心齋林述三夫子，爲天籟吟社健將，與「笑園黃文生」、「笑雲曾朝枝」並稱「天籟三笑」。曾參與瀛社、捲籟軒吟社[1]、淡北吟社[2]，亦曾與蕭獻三等人發起澹社。[3]詩作見於《臺灣日日新報》、《詩報》、《臺南新報》、《南瀛新報》、《風月報》、《天籟》、《詩文之友》、《中華詩苑》等報刊雜誌，並無專集行世。

　　先生業商，經營「元豐米行」及「久松商行」，民國六十六年（1977）去世。

1　潘玉蘭：《天籟吟社研究》，頁 96。

2　潘玉蘭：《天籟吟社研究》，頁 141，註 123。

3　潘玉蘭：《天籟吟社研究》，頁 392，註 30。

詩　選

阿房宮 [4]

書坑灰未冷，禍及始皇宮。

麗彩千層盡，繁華一局空。

痕留咸土黑，膩漲渭流紅。

劫後樊川感，滄桑變化中。

孤雁 [5]

欲奮沖霄志，何仇出塞單。

離群思北上，尋侶叫南端。

獨宿莎汀晚，高飛玉露寒。

橫空惟隻影，飲啄自康安。

題讀書燈 [6]

芸窗苦誦夜淒涼，端借星星螢火光。

別有寒儒思映雪，照來文字亦毫芒。

4 原刊於曾笑雲編：《東寧擊鉢吟後集》（臺北市：吳永遠，1936 年），頁 211。
5 原刊於《中華詩苑》第 2 卷第 5 期（1955 年 12 月），頁 39。
6 原刊於《南瀛新報》第 209 號（1932 年 10 月 1 日），第 14 版。

三字獄 [7]

英雄身陷恨無窮，一詰空勞韓世忠。
意欲冤沉同感慨，岳于併是可憐蟲。

懷舊感作 [8]

淡交數載是非無，老圃栽柑八百株。
處世人須防不則，莫將成敗笑愚夫。

補壁 [9]

家徒四面破難支，抹白塗紅更出奇。
何必媧皇施妙技，丹青遮缺暫維持。

錢虱 [10]

王猛曾捫著意窺，孔方四腳定無疑。
腰纏萬貫還生癢，安得麻姑指爪施。

鸚鵡 [11]

檀郎心緒訴卿卿，只恐靈禽洩愛情。
宮女欲談天寶事，須防雪羽聽分明。

7　原刊於《藻香文藝》第 4 號（1932 年 12 月），頁 15 － 16。
8　原刊於陳鐵厚編：《天籟吟社集》（臺北市：芸香齋，1951 年），頁 24 上。
9　原刊於《中華詩苑》第 2 卷第 6 期（1956 年 1 月），頁 74。
10　原刊於《中華詩苑》第 3 卷第 4 期（1956 年 4 月），頁 44。
11　原刊於《中華詩苑》第 7 卷第 3 期（1958 年 3 月），頁 51。

手澤 [12] 　林述三夫子逝世三週年紀念

攜杖微沾有若無，指拈筆潤未曾枯。

即今遺稿留痕跡，盡是先生掌上濡。

雞絲麵 [13] 　祝名順食品廠鄞強社友創業六周年紀念

雞絲麵與細君嘗，勝卻猩唇鯉尾香。

睡到三更思小點，療飢端不費廚娘。

觀奕 [14]

闤闠縱橫各自矜，先生袖手看誰能。

局中無限滄桑劫，俯仰河山感不勝。

花陰 [15]

香徑婆娑疊幾重，海棠匝地誤狂蜂。

太陽收去芳無跡，伴月歸來復轉濃。

---

12 原刊於《中華詩苑》第 11 卷第 1 期（1960 年 1 月），頁 63。

13 原刊於《中華藝苑》第 14 卷第 5 期（1961 年 11 月），頁 77。

14 收錄於曾笑雲編《東寧擊鉢吟三集》，原刊於《詩文之友》第 17 卷第 3 期（1962 年 12 月 1 日），頁 44。

15 原刊於洪寶昆、高泰山編：《臺灣擊鉢詩選第二集》（臺北市：詩文之友社，1969 年），頁 270。

蟹味 [16]

捕來吐沫似含霜，郇氏調烹別有香。

手擘雙螯休憶鱠，海山何物勝無腸。

殘秋 [17]

光陰催促鬢毛焦，容易西風剩幾朝。

暖閣纔排迎旅客，寒衣乍熨寄征徭。

凋傷木葉聽蕭瑟，零落花枝感寂寥。

無限心情歐子賦，教人焉得不魂銷。

師門感舊 [18]　林述三夫子逝世三週年紀念

記曾立雪在深宵，話到當時事更饒。

回憶先生常耿耿，轉憐後輩慕朝朝。

卅年詩思情偏雅，三代書香志尚遙。

好是餘暉留絳帳，滋培桃李不勝嬌。

---

16 原刊於瀛社創立六十週年紀念集編輯委員會編：《瀛社創立六十週年紀念集》（臺北市：瀛社辦事處，1969 年），頁 93。

17 此詩有數處異文：(1)《中華詩苑》作「催促」，而《瀛社創立六十週年紀念集》作「促我」。(2)《中華詩苑》作「迎旅客」，而《瀛社創立六十週年紀念集》作「歸旅雁」。編者以前出的《中華詩苑》刊載為準。參見《中華詩苑》第 7 卷第 2 期（1958 年 2 月），頁 49；以及瀛社創立六十週年紀念集編輯委員會編：《瀛社創立六十週年紀念集》，頁 92。

18 此詩數處異文：(1)《中華詩苑》註「林述三夫子逝世三週年紀念」，《臺灣擊鉢詩選》則刪去詩註。(2)《中華詩苑》作「常耿耿」，而《臺灣擊鉢詩選》作「心耿耿」。(3)《中華詩苑》作「卅年」，而《臺灣擊鉢詩選》作「卅年」。編者以前出《中華詩苑》刊載為準。參見《中華詩苑》第 11 卷第 2 期（1960 年 2 月），頁 66；以及周定山編：《臺灣擊鉢詩選》（臺北市：詩文之友社，1964 年），頁 93。

天籟吟[19]

空際誰哦韻最新，一聞便覺爽精神。

悠揚雅調飄仙境，宛轉清音隔俗塵。

半夜推敲懷李杜，卅年翰墨結朱陳。

可憐大塊文章好，惹起鷗群唱和頻。

桃花浪[20]

幾疑紅雨逐波飛，翻雪兼天近夕暉。

桃葉渡頭千尺浪，武陵溪口一苔磯。

劉郎去後花如許，漁父來時事已非。

我欲問津避秦世，潙山悟道敢相違。

中秋步月[21]

欣逢佳節是今宵，曳杖徘徊慰寂寥。

天際蟾光千里麗，月中桂蕊十分嬌。

嬋娟作伴情何逸，皎潔相隨興更饒。

且喜團圓秋正半，教人一步一逍遙。

---

19 原刊於《中華藝苑》第 14 卷第 4 期（1961 年 10 月），頁 65。

20 原刊於《中華藝苑》第 19 卷第 4 期（1964 年 4 月），頁 57。

21 原刊於洪寶昆、高泰山編：《臺灣擊鉢詩選第二集》，頁 111。

蝴蝶蘭 [22]

花如粉翅一般輕，漫把瀟湘九畹評。

其臭豈無君子氣，餘香偏有美人情。

春來寶島開瓊蕊，雨潤幽岩茁綠莖。

莫怪莊周難入夢，不修芳譜亦馳名。

祝國裕社友新婚 [23]

吟到關睢第一篇，天成佳偶締良緣。

畫眉漫笑張郎媚，舉案堪誇孟女賢。

金屋貯嬌情繾綣，寶窗選婿意纏綿。

文章偏愛題雙宿，琴瑟猶懷奏百年。

占鳳已知逢吉士，乘龍何必訪遊仙。

合歡燭映珍珠麗，對飲觴飛琥珀妍。

翡翠巢溫饒好夢，鴛鴦被軟正酣眠。

雀屏中目君能手。應祝花開並蒂蓮。

---

22 原刊於瀛社創立六十週年紀念集編輯委員會編：《瀛社創立六十週年紀念集》，頁 92。

23 此詩有數處異文：(1)《中華詩苑》詩題為「祝國裕社友新婚」，而《瀛社創立六十週年紀念集》詩題為〈祝新婚〉。(2)《中華詩苑》作「偏愛」，而《瀛社創立六十週年紀念集》作「最愛」。(3)《中華詩苑》作「猶懷」，而《瀛社創立六十週年紀念集》作「和鳴」。編者以前出的《中華詩苑》刊載為準，參見《中華詩苑》第 1 卷第 6 期（1955 年 7 月），頁 27，以及瀛社創立六十週年紀念集編輯委員會編：《瀛社創立六十週年紀念集》，頁 91。

曾笑雲先生詩選

先賢小傳

　　曾笑雲[1]（1904～1981），名潮機（又作朝機、晁機、朝枝），字笑雲，以字行。明治三十七年（1904）生，臺北人，曾居住頭圍（頭城）[2]，後客居蘇澳二十年。[3]師事礪心齋林述三夫子，大正時期加入天籟吟社[4]，其後曾任天籟吟社幹事，與林笑岩、黃笑園合稱「天籟三笑」。曾參加瀛社[5]，昭和二年（1927）代表天籟吟社任全島詩社聯吟大會籌備委員與實行委員。[6]昭和十四年（1939）參加頭城登瀛吟社[7]，亦曾任和社總幹事。[8]曾參加淡北吟社[9]、鷺洲吟社、同聲聯吟會、南陔吟社、蘅社、綠社、

1　曾笑雲生平資料參見林正三編著：《續修臺灣瀛社志》（新北市：臺灣瀛社詩學會，2017年），頁430。

2　《詩報》，第138號（1936年10月2日），第1版。騷壇消息：「北部吟友曾笑雲氏，者番自頭圍移居蘇澳，其通信處，即蘇澳郡，蘇澳臺灣石粉株式會社是也。」

3　陳鐓厚《天籟吟社集·緒言》：「適笑雲兄歸自蘇澳，見之促以刊行。」、曾笑雲《天籟吟社集·跋》：「自余客居蘇澳，一瞬將近廿年於茲矣。」並落款「民國四十年（1951）」。

4　潘玉蘭：《天籟吟社研究》，頁282，註12。

5　林正三編著：《續修臺灣瀛社志》，頁53。

6　林正三編著：《續修臺灣瀛社志》，頁173－174。

7　潘玉蘭：《天籟吟社研究》，頁158。

8　《中國詩文之友》第45卷第2期（1977年1月），賀年廣告頁11。

9　林正三編著：《續修臺灣瀛社志》，頁267。

網珊吟社等詩社活動，活躍於詩壇。[10]

先生精於詩學，平生網羅臺灣擊鉢吟詩，擇其尤者，於昭和九年（1934）發行《東寧擊鉢吟前集》，錄有絕句四千餘首，而後於昭和十一年（1936）發行《東寧擊鉢吟後集》[11]，錄有律詩二千餘首，風行壇坫，而三集則刊載於《詩文之友》[12]，為日治時期臺灣詩壇之重要參考書籍。先生詩作刊於《詩報》、《風月報》、《臺南新報》、《昭和皇紀慶頌集》、《南方詩集》、《臺灣日日新報》、《專賣通信》、《詩文之友》、《中國詩文之友》等報刊雜誌，未有專集。民國七十年（1981）去世。

---

10 許俊雅撰稿：《續修臺北市志·卷八·文化志·文學篇》（臺北市：臺北市立文獻館，2017 年），頁 124。

11 潘玉蘭：《天籟吟社研究》，頁 158。

12 《東寧擊鉢吟三集》刊載於《詩文之友》，自第 5 卷第 6 期起至第 30 卷第 1 期，採不定期刊行，一共 44 回。

詩　選

雞群鶴 [13]

喔喔喧聲裡，昂然振羽衣。

也如祥鳳立，亂噪笑鴉非。

豔幟 [14]　二首錄一

洩露春消息，能招蜂蝶魂。

高張風正盛，爭樹影頻翻。

舒卷懸香國，飄搖傍酒村。

金鈴如許繫，化作護花旛。

詩才 [15]

別有天資凜，騷壇論姓嚴。

伊誰嘔心苦，仙鬼博頭銜。

業羨千秋定，工爭一字嵌。

嗟予花謝筆，得句總平凡。

---

13 此詩異文：《詩報》作「喧」，而《臺灣日日新報》作「暄」，編者以前出的《詩報》刊載為準。參見《詩報》第 118 號（1935 年 12 月 1 日），第 4 版。天籟吟社主辦全島詩人聯吟大會第一日（1935 年 10 月 27 日）次唱；以及《臺灣日日新報》第 12820 號，（1935 年 12 月 7 日），第 8 版。

14 原刊於《臺灣日日新報》第 9625 號（1927 年 2 月 15 日），第 4 版。

15 原刊於曾笑雲編：《東寧擊缽吟後集》，頁 286。

牡丹 [16]

國色與天香，聲名動洛陽。

口脂紅一捻，身分白三章。

凡卉宜低首，仙姿合作王。

入時真富貴，小謫亦何妨。

雛燕 [17]

一角烏衣巷，春燈影事談。

主憐毛未滿，母傍乳方甘。

來往飛猶怯，呢喃語半諳。

漢宮他日入，掌舞寵恩覃。

眼鏡 [18]　二首錄一

不妨作色分青白，更合生光辨濁清。

眼界幾人空一切，明明看透世間情。

---

16 原刊於曾笑雲編：《東寧擊鉢吟後集》，頁 271。

17 原刊於曾笑雲編：《東寧擊鉢吟後集》，頁 285。

18 此詩數處異文：（1）《臺南新報》作「不妨」，《東寧擊鉢吟前集》作「任教」。
（2）《臺南新報》作「更合」，《東寧擊鉢吟前集》作「自愛」。編者以前出《臺
南新報》為準，參見《臺南新報》（1930 年 6 月 11 日），第 6 版；曾笑雲編：《東
寧擊鉢吟前集》（臺北市：陳鐵厚，1934 年），頁 243。

自由女 [19]

女權啟發遍西歐，東漸何妨唱自由。

但願蛾眉明著眼，休輕失足溺時流。

筆花 [20]

不須十萬金鈴護，不用三撾羯鼓催。

省識管城春色豔，別翻新樣夢中開。

買劍 [21]

出匣神芒驚白鐵，傾囊俠氣賤黃金。

轉愁市儈居奇日，不許恩仇快報心。

春痕 [22]

瑞氣東來不易描，千紅萬紫豔花朝。

阿婆夢跡難尋處，九十韶光一覺消。

---

19 原刊於苓洲吟社編：《高雄苓洲吟社徵詩初集》（高雄市：苓洲吟社，1931 年），
   頁 18。

20 原刊於黃洪炎編：《瀛海詩集》（臺北市：臺灣詩人名鑑刊行會，1940 年），頁
   117。

21 原刊於黃洪炎編：《瀛海詩集》，頁 117。

22 原刊於《中華詩苑》第 7 卷第 2 期（1958 年 2 月），頁 45。

阿片 [23]

和盤托出死灰燃，怕說齊州點點煙。

蘭麝香含砒鴆毒，淪人黑劫癮纏綿。

菊影 [24]　三首錄一

委地依然晚節流，孤芳自賞夜清幽。

瓷瓶滿插燈高照，分化柴桑一片秋。

老鶴 [25]　慶祝倪登玉社兄八秩榮壽

鳴皋羽客自翩翩，胎化於今不計年。

壽相清標神秀逸，南飛一曲算綿綿。

北投暮春 [26]　二首錄一

綠暗紅稀散燕鶯，礦泉如訴咽聲聲。

酒旗褪色花旛倒，閒煞當番服務生。

---

23 收錄於曾笑雲編《東寧擊鉢吟三集》，原刊於《詩文之友》第 9 卷第 4 期（1958 年
　9 月），頁 33。

24 原刊於《詩文之友》第 17 卷第 2 期（1962 年 11 月），頁 52；及《中華藝苑》第
　16 卷第 5 期（1962 年 11 月），頁 57。《詩文之友》僅錄前二首，《中華藝苑》收
　錄三首。

25 原刊於《中國詩文之友》第 284 期（1978 年 7 月），頁 25。

26 原刊於曾文新主編：《新生詩苑》（臺北市：台灣新生報社出版部，1984 年），頁 361。

背水陣 27

生死何遑論守攻，風雲急共背城同。

臨江隊旅堂堂敵，佈趙軍兵糾糾雄。

覆沒早防戈倒走，攖鋒終易幟飄空。

果然將略名流出，一戰全收險後功。

筆戰 28

當作長槍大戟看，風雲驅遣落毫端。

才誇醉草千軍掃，夢兆生花五色攢。

勢愛翻瀾橫墨海，鋒驚入木據文壇。

談兵紙上休空笑，瑞彩曾將氣象干。

嶺梅 29

十分幽豔為誰開，春滿孤山有鶴陪。

何日香傳到金殿，昨宵夢已醒瑤臺。

清妝仙倚前村雪，覓句人穿僻路苔。

最是一枝看不厭，亭亭玉立傍岩隈。

---

27 原刊於《臺灣日日新報》第 10647 號（1929 年 12 月 7 日），第 4 版。

28 原刊於《臺灣日日新報》第 12554 號（1935 年 3 月 14 日），第 8 版。

29 原刊於《臺灣日日新報》第 12799 號（1935 年 11 月 16 日），第 12 版。

輓奎府治窗友 [30]

斷送青春藥半瓶，敢將薄命咒家庭。

詩吟絳帳空勤學，曲唱黃河已絕聽。

一死酸心傳北里，千秋埋骨合西泠。

花殘月缺懷人夜，為誦金剛解脫經。

康海秋兄入選南州主催全國書道大會賦似 [31]

紙上煙雲筆底神，分明八法自全真。

心勤硯尚磨殘鐵，首賞杯還重鏤銀。

墨海頹波憑挽起，蘭亭遺帖欲同珍。

為君喜更為君慮，戶限防穿乞字人。

---

30 此詩異文：《詩報》詩題作「輓奎府治同窗」，《天籟吟社集》作「輓奎府治窗友」。
（2）《詩報》作「西冷」，歌妓蘇小小葬於西湖西泠橋畔，據此逕改為「西泠」。
參見《詩報》第 175 號，（1938 年 4 月 17 日），第 24 版；以及陳鐵厚編：《天籟
吟社集》，頁 7 下。

31 此詩數處異文：（1）《詩報》詩題作「康海秋兄入選南州主催全國書道大會賦似」，
《天籟吟社集》則作「康在山兄入選全國書道會賦祝」。（2）《詩報》作「蘭亭」，
《天籟吟社集》則作「蘭庭」。編者以前出《詩報》為準，參見《詩報》第 243 號（1941
年 3 月 2 日），第 3 版；以及陳鐵厚編：《天籟吟社集》，頁 8 上。編者按：康瀟泉，
號在山，又號海秋，頭城庄康瀟泉參加「紀元二千六百年奉祝全國書畫大展覽會」，
入選為一等賞（金牌），宜蘭各界於 2 月 15 日起在宜蘭市公會堂舉行康氏的個人
書道展覽會。（《臺灣日日新報》第 14702 號（1941 年 2 月 14 日），頭圍庄舉辦
康氏書畫展）。

次獻三詞兄蘇澳旅感原韻 [32]

隨緣隨遇貴能安，凡事從心十九難。

媚世寧堪牛馬走，逢場偶愽燕鶯歡。

仙山苓朮無根據，人海風潮袖手看。

衣食天涯私自幸，不知彈鋏有馮驩。

---

32 原刊於陳鐵厚編：《天籟吟社集》，頁 7 上。

陳鐓厚先生詩選

先賢小傳

陳鐓厚（1904～1997），字硬璜，號毓痴（癡）[1]、逸民、禮堂，另有圖書館壁角生[2]之稱。明治三十七年（1904）出生，新莊更寮人，爲礪心齋門人，畢業於國語學校，民國八十六年（1997）去世。[3]

大正九年（1920），任職於總督府圖書館，昭和十七年（1942），被日軍徵赴西貢及新加坡，擔任日語教師，次年（1943）因病回臺。戰後曾主編《新風》雜誌與《天籟》詩刊；民國三十五年（1946），供職臺灣省立臺北圖書館，最終於典藏股股長之職退休。曾捐獻諸多手抄本、石印本、木刻本等珍貴圖書資料，都成今日國立臺灣圖書館之鎮館之寶。邱煇塘認爲陳鐓厚先生堪稱「圖書館界巨人」，對圖書的貢獻媲美劉金狗先生。[4]

陳鐓厚先生除爲天籟吟社社員之外，也曾擔任松鶴吟

---

1 另有〈天籟吟社與林述三〉一文，載於《臺北文物》第2卷第3期（1953年11月），頁 74－77。）作「陳驚癡」，未詳是誤植，抑或是陳鐓厚別有「驚癡」一號。林正三編著：《續修臺灣瀛社志》，頁54，載爲「敏癡」，應是誤植。

2 陳鐓厚編：《天籟吟社集》，略歷2下，自敘「人稱『圖書館壁角生』」。張端然：《日治時期瀛社之研究》（中國文化大學中國文學研究所碩士在職專班碩士論文，2003年），頁195，記載其號「壁角生」。邱煇塘：〈《全台詩》之大醇小疵〉（《臺灣學研究》6月第3期，2007年），頁85，記載有書爲「臺北壁角生抄本」。

3 邱煇塘：〈《全台詩》之大醇小疵〉，頁85，記載生卒年爲「西元1904年12月27日至西元1997年5月10日」。

4 邱煇塘：〈《全台詩》之大醇小疵〉，頁85。

社顧問，亦參加瀛社、鷺洲吟社。其詩稿名爲《芸香齋詩草》，詩作散見於《詩報》、《昭和新報》、《臺灣藝術》、《南瀛新報》、《南瀛佛教》、《瀛海詩集》、《天籟》、《詩文之友》、《中華詩苑》、《臺灣詩海》等刊物，毛一波於〈臺北縣詩略〉讚譽其「詩甚工」，惜無專集傳世。著有《閑擊錄》、《儒學年攷》[5]、《清光緒乙未以降中日曆對照日表》[6]、《中日西對照歷代甲子考及年表》[7]、《陳氏南院派金敦堂族譜初稿》[8]、《臺灣俗語故事集》[9]、短篇小說《殉國花》[10]、論文〈偷閒錄與偷閒集考〉、〈臺灣火車站地名考〉、詩集序〈百壽詩錄序〉，主編《天籟吟社集》、《太古巢聯集》[11]、《偷閑集》（一名《太古巢詩集》）[12]、《觀潮齋詩集》[13] 及《簡編紫微斗數》。[14]

5　鄭喜夫：〈臺北著述志稿〉（《臺北文獻》直字第 69 期，1984 年），頁 42，記載與林祖澤同編，共四冊，於臺北自刊。吳福助、黃震南主編，許惠玟審訂：《臺灣漢語傳統文學目錄新編》（臺南市：國立臺灣文學館，2013 年），頁 565，記載為 1959 年出版。

6　鄭喜夫：〈臺北著述志稿〉，頁 42，記載此書共五十六面，民國四十四年，由板橋臺北縣文獻委員會出版。

7　鄭喜夫：〈臺北著述志稿〉，頁 42，記載民國四十九年，於臺北自刊。

8　鄭喜夫：〈臺北著述志稿〉，頁 42，記載此書二十六公分，民國五十二年於臺北自刊。邱煇塘：〈《全台詩》之大醇小疵〉，頁 85，題作《陳氏族譜》，為手寫本。

9　陳鐓厚編：《天籟吟社集》，略歷 3 上，未出版。黃洪炎編：《瀛海詩集》，頁 56，載《臺語俗語故事選錄》；另有黃美娥編著：《日治時期臺北地區文學作品目錄》（臺北市：臺北市文獻委員會，2003 年），頁 20，載《臺語俗故事選錄》，名稱類似，疑為一書，惟圖書並未出版，流通較少，難以查證。

10　陳鐓厚編：《天籟吟社集》，略歷 3 下，民國三十五年四月及四十年七月二次油印百冊分送同好。此作亦收錄《新風》第 1 卷第 1 號，於頁 22 － 23。

11　陳鐓厚編：《天籟吟社集》，略歷 3 上，民國二十六年十月出版，刊印三百本。國立臺灣圖書館藏系統題為《陳維英先生太古巢聯集》，附註與田大熊合編。黃美娥編著：《日治時期臺北地區文學作品目錄》，頁 12，題為《太古巢臨集》，應為誤植。

12　陳鐓厚編：《天籟吟社集》，略歷 3 上，並未出版，由林幼春先生題序。

13　陳鐓厚編：《天籟吟社集》，略歷 3 上，記載未出版，存於臺灣省立臺北圖書館。

14　鄭喜夫：〈臺北著述志稿〉，頁 42，記載此書十六開，二十面，民國四十六年，由臺北芸香齋出版，為油印本。

詩　選

雨後即事 [15]

雨過天如沐，薜蘿深覆屋。

開窗不見山，綠樹連幽竹。

友人過訪感賦 [16]

談判茶兼酒，聯歡來故友。

投機語轉多，斜月時窺牖。

山居 [17]

一望山山翠，微濛谷吐煙。

西窗銜落日，東壁掛飛泉。

徑窄環林盡，藤柔傍竹牽。

草廬吾所愛，小隱義熙年。

---

15 原刊於陳鐓厚編：《天籟吟社集》，頁 8 下。

16 原刊於陳鐓厚編：《天籟吟社集》，頁 8 下－ 9 上。

17 原刊於陳鐓厚編：《天籟吟社集》，頁 8 下。

淡江晚眺 [18]

暮景天邊盡，丹楓半已凋。

雲山吞落日，風樹撼迴潮。

清玩行沙岸，幽尋過鐵橋。

江流千萬里，漁唱櫓聲遙。

秋日遊中和禪寺 [19]

覽勝中和寺，涼風拂面幽。

靈山看落葉，寶塔聳深秋。

客詠鐘聲裡，僧敲月影浮。

俗心塵洗去，禮佛紀清遊。

淡江觀競渡 [20]

午雨連三日，陰晴趁一時。

杖黎橋上步，理傘岸邊窺。

炮響鑼聲動，舟飛槳影馳。

奪標人得意，同我快吟詩。

---

18 原刊於陳鐓厚編：《天籟吟社集》，頁9下。

19 原刊於《南瀛佛教》第19卷第1期（1941年1月），頁47。

20 原刊於《天籟》第8期（1951年7月）。

畫月 [21]

繪就團圓景，冰輪夜色涼。

毫端生兔魄，筆下露蟾光。

紙上姮娥影，宮中桂子香。

當頭同一望，信步待西廂。

登新加坡望遠臺 [22]

離鄉見月已三更，胡地沙場未忍行。

此夜登樓一東望，家山萬里戰雲橫。

詩派 [23]

潮流學海濁清無，弄月吟風各自娛。

從古辭源同一脈，何分畛域別來殊。

池畔待月 [24]

銀塘記得倒樓臺，待月如何月不來。

沼水無聲蘆影斂，累人岸上幾徘徊。

---

21 原刊於黃洪炎編：《瀛海詩集》，頁 56。

22 原刊於賴子清編：《臺灣詩海》（臺北縣：龍文出版社，2006 年），頁 462。據陳
　鐓厚編：《天籟吟社集》，頁 9 上，此詩為「民國三十一年在新加坡作」。

23 原刊於《詩報》第 123 號（1936 年 2 月 15 日），第 7 版。

24 原刊於《詩報》第 143 號（1936 年 12 月 15 日），第 17 版。

感作 [25]

萬派千流注一潮，交遊天下寄情遙。
不關清濁求仁者，以直從人志不消。

醋火 [26]

情焰無端起一朝，爭風自把膽心焦。
倘教乞向鄰家去，莫作添薪更助燒。

生花筆 [27]

一枝錦繡別翻新，開落文園感幾春。
嚼蕊咀華儂愧甚，輕簪合讓衛夫人。

曉寒 [28]

靈雞聲亂攪南柯，醒覺東窗冷氣多。
更有邊城聞畫角，一鉤殘月凍山河。

25 原刊於《天籟》第 9 期（1951 年 8 月）。
26 原刊於黃洪炎編：《瀛海詩集》，頁 56。
27 原刊於黃洪炎編：《瀛海詩集》，頁 57。
28 原刊於黃洪炎編：《瀛海詩集》，頁 57。

春菊[29]

竹籬笆外冷煙斜，特有秋英絢歲華。

三徑春風同燦爛，年頭又見去年花。

中秋問月[30]

姮娥肯共醉芳醇，兔魄當頭桂影新。

曾照幾朝興廢事，清光依舊滿冰輪。

客雁[31]

書空飛過洞庭秋，湖海飄零已白頭。

等是思鄉庾開府，江南一賦最哀愁。

元宵雨[32]

不夜城開水漲溪，六街裙屐汙春泥。

萬家燈火瀟瀟裡，滴碎蕉心濕玉梨。

---

29 原刊於《天籟》第 8 期（1951 年 7 月）。

30 原刊於《天籟》第 10 期（1951 年 10 月）。

31 原刊於《天籟》第 10 期（1951 年 10 月）。

32 原刊於《天籟》第 2 卷第 2 期（1953 年）。

敬和述三夫子癸巳元旦瑤韻 [33]

簷前凍雀噪初晴，擬備雙柑載酒行。

眼看迎年增馬齒，瓶因拜歲插蘭英。

翻風桃李枝枝艷，映日梅梨朵朵清。

祇待禹門燒尾日，恐驚瓦缶作雷聲。

贈種竹齋主林子惠詞長 [34]

種竹幽齋勁節全，真堪小隱樂堯天。

堂無俗客談時局，案有高人讀舊篇。

十載操觚師古聖，一經教子慕前賢。

家聲九牧垂綿遠，世代書香繼後先。

---

33 原刊於《天籟》第 2 卷第 1 期（1953 年）。

34 原刊於黃洪炎編：《瀛海詩集》，頁 57。

黃笑園先生詩選

先賢小傳

　　黃文生[1]（1905 ～ 1958），明治三十八年（1905）生於臺北，字笑園，又號文星、少頑、捲籟軒主人。喜好詩、文、燈謎、武術，兼長醫術。詩事礪心齋林述三夫子，為天籟吟社健將，和「笑岩林錦堂」、「笑雲曾朝枝」並稱「天籟三笑」。

　　昭和元年（1926）設立捲籟軒書房，昭和二年（1927）六月[2]前往廈門求學，學習漢學與漢醫，並於當年（1927）八月[3]歸臺，後於昭和四年（1929）開始設帳授徒。昭和八年（1933）任職《昭和新報》編輯[4]；昭和十五年（1940）任職東陽護謨株式會社；日治時期擔任保正，並兼任青年

1　黃笑園生平詳見黃笑園著，楊維仁主編：《捲籟軒黃笑園詩集》（新北市：財團法人黃笑園文學基金會，2014 年），楊維仁撰〈黃笑園先生事蹟概述〉，頁 302 － 318。

2　楊維仁曾根據黃笑園詩作推斷其應於昭和二年五月啟程前往廈門，參見黃笑園著，楊維仁主編：《捲籟軒黃笑園詩集》，頁 308 － 309。但是根據《臺灣日日新報》：「天籟淡北兩吟社黃笑園氏，青年有志，近將負笈渡廈，遂由林述三、陳伯華、林笑岩、施瘦鶴諸氏發起，招集（臺北）市內諸吟友於去二十六日五時起，在江山樓旗亭，開送別擊缽吟宴，以壯行色。」可知，黃氏廈門之行推遲於昭和二年（1927）六月下旬出發，參見《臺灣日日新報》第 9765 號（1927 年 7 月 5 日），第 4 版。

3　《臺灣日日新報》第 9816 號（1927 年 8 月 25 日），第 4 版：「又該（天籟吟社）社員黃笑園氏，日前由廈歸北，諸社友于二十夜，假湮陶齋開洗塵擊缽吟會。」

4　林正三編著：《續修臺灣瀛社志》，頁 436。

團團長，民國三十五年（1946）起擔任臺北市大同區星耀里（今國順里）里長，家中兼營雜貨店。

　　黃笑園先生活躍於詩壇活動[5]，大正十三年（1924）參加淡北吟社；約於昭和元年（1926）或昭和二年（1927）參與天籟吟社，昭和八年（1933）參與瀛社，昭和十年（1935）參加鷺洲詩社。爾後，創立捲籟軒吟社，為戰後初期臺北市頗為活躍的詩社之一。民國四十五年（1956）參與庸社。民國四十七年（1958）逝世。詩壇出其捲籟軒書房門下者不計其數，陳雪峰、黃雪岩、唐羽、莫月娥、黃篤生尤稱俊秀。民國一〇二年（2013）《捲籟軒師友集》出版，收錄黃笑園先生及其高足唐羽、莫月娥、黃篤生作品。民國一〇三年（2014）黃笑園之女黃素鐘創立「財團法人黃笑園文學基金會」。先生之遺作由楊維仁編輯整理，於民國一〇三年（2014）出版《捲籟軒黃笑園詩集》。

5　臺灣詩社資料庫將黃笑園列於鶴吟社社員，列舉材料為民國四十四年（1955）三月二十日開創社二十周年紀念會，邀請社外人士數十名與會，題擬〈春筍〉，舉賈景德、黃笑園為詞宗。松鶴吟社成員是道南堂賴獻瑞門下或晚輩，而黃笑園是賴獻瑞的同窗好友，松鶴吟社顧問是賴獻瑞的老師林述三和同學陳鐵厚，以黃笑園之輩分應僅擔任詞宗，而無直接入社。

　　搜尋網址：https://db.nmtl.gov.tw/site5/pclubinfo?id=000078，搜尋日期：2022 年 8 月。

詩　選

簾影[6]

一片滿湘味，朱樓懶捲身。

月鉤鉤不得，燕剪剪非真。

細細波無歛，疏疏跡已陳。

迷離搖颺處，隔斷共聽人。

子曰店[7]

設帳非當市，登壇孔氏呼。

生涯雙管筆，評價一經儒。

門外栽桃李，胸中販玉珠。

如今誰顧客，只有舊吾徒。

6　原刊於黃笑園著，楊維仁主編：《捲籟軒黃笑園詩集》，頁64。

7　原刊於黃笑園著，楊維仁主編：《捲籟軒黃笑園詩集》，頁94。

呈林清敦先生賦得鷺洲月照師元樓 [8]

一片洲前月，先臨護德垣。

美人懷素魄，處士仰清敦。

桂影迷梅影，江村抱竹村。

何須樓近水，也似玉盈門。

銀漢磨心鏡，金花湧酒罇。

冰簾秋色老，第宅古風存。

遠磬聞蘆渚，新詩濯雪痕。

團欒真樂境，顏獨布衣尊。

感作 [9]

戰雲漠漠任從過，鎮日痴迷感慨多。

笑我思潮還未定，半新半舊欲如何。

詩才 [10]

七步名揚曹子建，百篇馨逸李長庚。

即今幾輩稱仙鬼，空向騷壇白戰爭。

---

8 原刊於黃笑園著，楊維仁主編：《捲籟軒黃笑園詩集》，頁 95－96。

9 原刊於黃笑園著，楊維仁主編：《捲籟軒黃笑園詩集》，頁 16。

10 原刊於黃笑園著，楊維仁主編：《捲籟軒黃笑園詩集》，頁 22。

題讀書燈[11]　二首錄一

一炬未殘檢頁忙，芸窗徹夜影輝煌。

可憐不啻杖黎火，普照何愁學海茫。

戲寄天籟吟社諸詞友十首[12]　曾笑雲

角逐騷壇負盛名，藍橋無夢及雲英。

如今著意東寧集，拋卻風流樂半生。

雙怪星[13]

大小光芒自不同，居然出沒各西東。

混珠燦爛如魚目，五宿天文笑下風。

---

11 《捲籟軒黃笑園詩集》詩題作〈讀書燈〉，《南瀛新報》作〈題讀書燈〉。另，此題黃笑園有兩作，《捲籟軒師友集》與《捲籟軒黃笑園詩集》未錄第二首，今據《南瀛新報》補之。參見《南瀛新報》第 209 號（1932 年 10 月 1 日），第 14 版；黃笑園等著，楊維仁主編：《捲籟軒師友集》（臺北市：萬卷樓圖書公司，2013 年），頁 16）；黃笑園著，楊維仁主編：《捲籟軒黃笑園詩集》，頁 39。

12 原刊於黃笑園著，楊維仁主編：《捲籟軒黃笑園詩集》，頁 45。

13 原刊於黃笑園著，楊維仁主編：《捲籟軒黃笑園詩集》，頁 51。此詩牽涉臺北、宜蘭多位詩人在《昭和新報》、《南瀛新報》筆戰之事，參見潘玉蘭：《天籟吟社研究》，頁 136。

春耕[14]

二月西疇碧四圍，鋤雲犁雨各忘饑。[15]
心田若種相思豆，兒女情苗也發揮。

杯中月[16]　礪心齋窗下分詠

姮娥笑對醉顏紅，邀影浮沉一盞中。
我也飛觴鯨飲輩，盈盈吸盡廣寒宮。

苦吟[17]

覓句心情亦似酣，推敲月下並佳談。
老儒幾撚髭鬚斷，一字難成太不甘。

斗室[18]

繩樞甕牖枕書眠，湫隘幽居似謫仙。
處世何愁容膝小，高樓易主看年年。

---

14 原刊於黃笑園著，楊維仁主編：《捲籟軒黃笑園詩集》，頁 63。

15 據《詩報》刊載為「忘饑」，而《大雅天籟》、《捲籟軒師友集》、《捲籟軒黃笑園詩集》均作「忘飢」，「飢」字於韻不合，以前出《詩報》刊載為準。參見《詩報》第 127 號（1936 年 4 月 18 日），第 6 版；莫月娥吟唱，楊維仁製作：《大雅天籟：莫月娥古典詩吟唱專輯》（臺北市：萬卷樓圖書公司，2003 年），頁 52；黃笑園等著，楊維仁主編：《捲籟軒師友集》，頁 26；黃笑園著，楊維仁主編：《捲籟軒黃笑園詩集》，頁 63。

16 原刊於黃笑園著，楊維仁主編：《捲籟軒黃笑園詩集》，頁 84。

17 原刊於黃笑園著，楊維仁主編：《捲籟軒黃笑園詩集》，頁 133。

18 原刊於黃笑園著，楊維仁主編：《捲籟軒黃笑園詩集》，頁 160。

畫松 [19]

描成一幅起雲曇，不見濃陰鶴影參。
我亦大夫騰壯志，化龍破壁上天南。

大屯山大八景 [20] 晴雪峰

陟彼崔巍冷氣衝，盤桓彳亍倚喬松。
千岩煙靄迷黃葉，數尺瓊瑤覆碧峰。
湖海飄零傷過雁，江潭寂寞嘆潛龍。
新晴絕頂登臨處，彤管難描秀色濃。

敬和述三夫子癸巳元旦瑤韻 [21]

拜年最喜雨初晴，曉望瞳瞳欲啟行。
後院燕鶯長鼓舌 [22]，滿庭桃李盡含英。
香花禮佛迎春祚，鐘鼓參禪得意清。
悟道幾時登道岸，且將爆竹試三聲。

---

19 原刊於黃笑園著，楊維仁主編：《捲籟軒黃笑園詩集》，頁 167。
20 原刊於黃笑園著，楊維仁主編：《捲籟軒黃笑園詩集》，頁 23。
21 原刊於黃笑園著，楊維仁主編：《捲籟軒黃笑園詩集》，頁 114。
22 《天籟詩集》作「長鼓舌」，《捲籟軒師友集》與《捲籟軒黃笑園詩集》作「長舌鼓」，據黃笑園手抄本影本校對（見黃笑園著，楊維仁主編：《捲籟軒黃笑園詩集》，頁 261），此處應為「長鼓舌」。參見天籟吟社幹事組編：《天籟詩集》（臺北市：天籟吟社，1988 年），頁 136。黃笑園等著，楊維仁主編：《捲籟軒師友集》，頁 49。黃笑園著，楊維仁主編：《捲籟軒黃笑園詩集》，頁 114。

懷林老師 [23]

迪化街頭路未遙，泥人渴望欲心焦。

杏壇牆仞頻瞻仰，苜蓿闌干 [24] 長寂寥。

獸炭烹茶添刻刻，蛛絲結網掃朝朝。

幽居陋巷因貧樂，眼肯垂青飲一瓢。

劍潭春泛 [25]

太古巢邊碧四圍，煙波滿艇樂忘機。

美人水濺紅裙濕，名士風流白髮微。

一棹龍喉依曲岸，半帆鷗首送斜暉。

興酣欲逐桃花浪，雞籠河頭未忍歸。

---

23 本詩於《天籟詩集》題作「懷林老師述三」，而《捲籟軒黃笑園詩集》作「懷林老師」，據黃笑園手抄本影本校對（見黃笑園著，楊維仁主編：《捲籟軒黃笑園詩集》，頁 261），此處詩題應作「懷林老師」。

24 《天籟詩集》與《天籟》第 2 卷第 2 期（1953 年）作「關于」，而《捲籟軒師友集》與《捲籟軒黃笑園詩集》作「闌干」，「苜蓿闌干」指教學清苦。據黃笑園手抄本影本校對（見黃笑園著，楊維仁主編：《捲籟軒黃笑園詩集》，頁 261－262），此處應作「闌干」。參見天籟吟社幹事組編：《天籟詩集》，頁 136；黃笑園等著，楊維仁主編：《捲籟軒師友集》，頁 49；黃笑園著，楊維仁主編：《捲籟軒黃笑園詩集》，頁 115。

25 原刊於黃笑園著，楊維仁主編：《捲籟軒黃笑園詩集》，頁 140。

春夜有感 [26]

洪鈞乍轉少冰霜，如駛年華感一場。

世態滄桑多變換，人情反覆任飄颺。

雄心未遂鷹揚恨，遠志難酬驥足忙。

今夜小樓聽細雨，滿懷春思九迴腸。

登白鹿洞漫興 [27]

大石結成小洞天，洞含全廈樓臺幾萬千。

山巒遠近環繞如屏障，面海狂濤一筆牽。

直西鼓浪黃家渡，往來帆影生眼前。

登臨也覺心幽爽，景不留人亦流連。

人家日用煎茶水，都從絕頂汲甘泉。

問君此洞是誰號白鹿，祇今歷劫四百有餘年。

---

26 原刊於黃笑園著，楊維仁主編：《捲籟軒黃笑園詩集》，頁 166。

27 原刊於黃笑園著，楊維仁主編：《捲籟軒黃笑園詩集》，頁 11。

題大觀閣 [28]

譜茶坡上閣，新築色鮮妍。

樹木皆清秀，好景出自然。

西對觀音山上寺，晨鐘暮鼓隔江傳。

東墩古澗千餘尺，時時傾耳聽飛泉。

北望狂濤捲滄海，漁歌互答過江船。

南山凌霄如五指，稻艋人煙入眼前。

夜來明月好，銀河變太千。

酌酒待明月，敲詩月娟娟。

桐陰松影處，滿地鋪白氈。

感君獨能用幽意，遂使遊人得流連。

何時屏跡來絕巘，了然不為利名牽。

---

28 原刊於黃笑園著，楊維仁主編：《捲籟軒黃笑園詩集》，頁 27。

鄞威鳳女史詩選

先賢小傳

　　鄞好款（1909～1996），字威鳳，以字行。明治四十二年（1909）生於臺北市，十六歲入礪心齋書房就讀，其後參加天籟吟社。精研四書五經，擅長詩作，與同窗凌淨嫆、姚敏瑄齊名，詩壇譽爲「天籟三鳳」。光復初期，在婦女合作社任會計職，夜間設教啓導後學。民國六十年（1971）左右退休，受覺修宮董事會之聘開班授課，闡釋經文佛典，如《法華經》、《列聖寶經》等，並在家中開漢文班，教授《古文觀止》、四書五經、唐詩等[1]，知名詩人莊幼岳曾譽其爲「女宗師」。[2] 民國八十五年（1996）去世，覺修宮爲感念貢獻，將其名列於先賢牌位。[3] 鄞威鳳女史雖早有詩名，惜所作大多散佚，目前僅輯得四首。

1　參見潘玉蘭：《天籟吟社研究》，頁 235。

2　莊幼岳〈威鳳姊六十〉：「孝悌聲名早歲馳，孤芳況守雪霜姿。得薪奉母貧能樂，設帳授徒晚自怡。積德應徵無量壽，登堂爭拜女宗師。欣逢花甲初周日，朗朗嫡星照酒卮。」見莊幼岳：《紅梅山館詩草》（新北市：龍文出版社，2011年），頁 170－171。

3　參見潘玉蘭：《天籟吟社研究》，頁 235。

詩　選

風片 ⁴

剪落群英散滿郊，綻天錦字颭紅旖。

銅烏響動屏垂障，鐵馬鳴懸簾捲捎。⁵

易水蕭蕭歌羽轉，蘭臺颯颯賦章拋。

有時吹面堪當扇，人力無勞陣陣敲。

辛卯詩人節紀念鄭成功 ⁶

蒲香泛酒節天中，不盡騷人感鄭公。

儒服燒殘辭孔孟，武裝整始見英雄。

精忠有志扶明主，大義無親抗滿蒙。

祠宇巍然鯤島上，千秋又仰定民功。

4　原刊於《詩報》第 277 號（1942 年 8 月 5 日），第 15 版。作者署名「阿鳳」，同作之女詩人尚有姚敏瑄、凌淨鎔、陳椒厂等，皆為礪心齋同窗。

5　編者按：第四句末三字原刊「簾捲捎」，然究其詩意，可能係「簾捲梢」，尚無資料足以佐證，記錄於此。

6　原刊於李騰嶽編輯，《辛卯全國詩人大會集》，（臺北市：臺灣省文獻委員會，1951 年），頁 49。

礪心齋同學會感作 [7]

　　道是春風座裡迎，杏壇桃李各心傾。

　　聖門垂範留文跡，禮教揚徽入雅聲。

　　詩賦朗吟同得意，琴書細論共研情。

　　筵開今夜團如月，敬祝師尊福壽盈。

述三夫子六十晉一榮壽誌慶 [8]

　　朗朗壽星耀滿堂，恭逢花甲一年昌。

　　明經到處人堪仰，悟道深源世可彰。

　　濟濟兒孫同進爵，榮榮弟子共稱觴。

　　瓊筵不敢濫班醉，愧我塗鴉未及牆。

7　原刊於陳鐵厚編：《天籟吟社集》，頁 25 上。

8　收錄於《天籟》第 3 期（出版日期不詳）。原刊部分字詞模糊難辨，第一句「朗朗」、
　　第三句「明經」、第七句「濫班」皆有待其他資料佐證。

林錫麟先生詩選

先賢小傳

　　林錫麟（1911～1990），字爾祥，別號銅臭齋，又號尚睡軒，亦署名老麟，明治四十四年（1911）生於臺北，爲天籟吟社首任社長林述三先生之長子。昭和十年（1935）起，代父課訓童蒙[1]；約於昭和十三年（1938）起，繼父之志啓導後學，主持礪心齋書房。[2]先生之所以號爲「尚睡」，即因戰爭期間，日警嚴控書房教學，時常巡查監督，於是高臥以避日人耳目。[3]光復後，將礪心齋書房改稱礪心齋學院，直至民國七十年（1981）停館，執教四十餘年。[4]門下弟子眾多，林安邦、張國裕、葉世榮、施勝隆、陳福助、鄞強等人先後成爲天籟吟社暨臺灣詩壇健將，詩教影響深遠。民國四十五年（1956）林述三先生去世後，擔任天籟吟社第二任社長，任期待考。[5]民國

1　陳鐵厚謂林錫麟「二十五歲時幫父訓童蒙」，見陳鐵厚：《天籟吟社集》，略歷 4 下；亦見許俊雅撰稿：《續修臺北市志・卷八・文化志・文學篇》，頁 139。又，林錫麟弟子林安邦詩作於昭和 12 年（1937）10 月 16 日刊載於《風月報》天籟吟社活動中，亦可說明林錫麟於 1938 年以前即已代父授課。

2　林正三編著：《續修臺灣瀛社志》，頁 448；許俊雅撰稿：《續修臺北市志・卷八・文化志・文學篇》，頁 139。

3　潘玉蘭：《天籟吟社研究》，頁 103。

4　林正三編著：《續修臺灣瀛社志》，頁 448。

5　潘玉蘭：《天籟吟社研究》頁 85，謂林錫麟社長任期至 1973 年左右，但是已有多項文獻證明林錫牙在 1973 年之前早已擔任天籟吟社社長，故林錫麟之社長任期待考。

七十六（1987）年榮獲教育部頒發詩教獎表揚。[6]亦曾參與瀛社、鷺洲吟社。[7]民國七十九年（1990）去世。詩作多刊載於各報章雜誌，未有專集發行。

6　民國七十六年全國詩人節慶祝大會在臺北市中山堂舉行，頒發詩教獎給林錫麟、林錫牙、吳松柏、陳輝玉、鐘鼎文、韓仁存（羅門）等六人。見當代文學史料研究社：《當代文學史料研究叢刊》第二輯（臺北市：大呂出版社，1987年），頁122。

7　許俊雅撰稿：《續修臺北市志·卷八·文化志·文學篇》，頁139－140，謂林錫麟「參加瀛社、鷺洲吟社、北臺吟社、天籟吟社」，然考察目前所見文獻，僅有《風月報》第46號（1937年8月10日），第25版，刊載林錫麟參與北臺吟社《歡迎鄭香圃氏擊缽錄》之詩作二首，考量各詩社間常有邀請跨社參加活動之狀況，此一孤例恐未足以證明林錫麟先生實際參加北臺吟社。

詩　選

傷震災 [8]

豐原回首處，變幻慨滄桑。

為下雙行淚，應成九轉腸。

鯤飛摧地裂，龍躍破天荒。

喚起東京慘，無能煉石方。

子曰店 [9]

聖語堪傳述，經營笑腐儒。

客原皆秀士，主本異凡夫。

大道生財有，中庸致富無。

自憐村學究，紅米不糊塗。

白梅花 [10]

雪中煙外費相尋，月下窗前試小吟。

剪玉一枝塵不染，玉壺省識美人心。

8　原刊於《臺灣日日新報》第 12612 號（1935 年 5 月 12 日），第 8 版。

9　原刊於《詩報》第 196 號（1939 年 3 月 5 日），第 11 版。

10 原刊於《南瀛佛教》第 7 卷第 1 期（1929 年 1 月），頁 54 － 55。

探巢燕 [11]

玉剪穿花春乍晴，含泥舊跡不勝情。
呢喃又作南來客，幾向烏衣巷口鳴。

涼味 [12]

金莖露冷不須猜，沁我吟心藉一杯。
笑殺臨邛人渴望，風前自有柏梁臺。

弔花吟 [13]

斷魂落盡上林枝，解語恩難雨露施。
望到玉鈎斜一角，纍纍香塚淚沾碑。

月琴 [14]

三絃妙奪素輪成，一點通來逸韻清。
迴異西廂挑撥處，累他玉指覺寒情。

白紙 [15]

潤滑還如玉版磨，文情素感半張何。
近朱近墨頻為染，色相先生變自多。

---

11 原刊於《臺南新報》（1934 年 2 月 11 日），第 8 版。
12 原刊於《詩報》第 108 號（1935 年 7 月 1 日），第 13 版。
13 原刊於《詩報》第 134 號（1936 年 8 月 2 日），第 13 版。
14 原刊於《風月報》，第 51 號（1937 年 11 月 1 日），第 32 版。
15 原刊於《詩報》第 177 號（1938 年 5 月 22 日），第 18 版。

凌雲筆 [16]

藻彩詞章勢自雄，生花依樣絢蒼穹。
干霄欲繼相如賦，一片虛文笑鑿空。

鏡塵 [17]

微埃點點暈琉璃，瑩徹原難似昔時。
真個玉容無垢日，照來絕不染芳姿。

春菊 [18]

移根猶訝自陶家，特異迎年亦吐葩。
生不朱門同富貴，東風傲骨到黃花。

渡江春 [19]

隔岸遙看梅柳舒，陽和氣象入清渠。
人來泛月萍新綠，水上船疑天上如。

秋柳 [20]

岸畔蕭疏八月經，也曾柔態拂長亭。
憐他靖節家風在，對賞人攜菊酒瓶。

---

16 原刊於《詩報》第 233 號（1940 年 10 月 1 日），第 9 版。
17 原刊於《詩報》第 279 號（1942 年 9 月 1 日），第 10 版。
18 原刊於《天籟》第 8 期（1951 年 7 月）。
19 原刊於《天籟》第 2 卷第 1 期（1953 年）。
20 原刊於洪寶昆編輯：《臺灣擊鉢詩選第三集》（彰化縣：詩文之友社，1973 年），
　　頁 429。

美人關 ²¹

胭脂山下虎牢西，鎮日蛾眉鬥畫齊。

縱使無情持慧劍，也教豪語失丸泥。

萬夫莫敵雌寧伏，一女當門色自迷。

今古娟娟惟此豸，英雄怎奈牝雞啼。

盲唱 ²²

昏矇按軫似悲秋，逸調淒清出畫樓。

玉手彈來憐眼晦，桃唇啟處惜顏尤。

知音幾日懷鍾子，作線無時恨褰修。

縱使琵琶如老妓，也應誰得白江州。

美人問卜 ²³

訪得君平袖影香，含羞花自斷人腸。

癡心默默憑休咎，膩語喃喃論短長。

八卦明分孃匹婿，六爻吉協鳳求凰。

馬嵬不兆他生誓，情斷牽牛感上皇。

---

21 原刊於《藻香文藝》第 2 號（1931 年 12 月），頁 9。

22 原刊於《風月報》，第 62 號（1938 年 4 月 15 日），第 33 版。

23 原刊於《詩報》第 178 號（1938 年 6 月 1 日），第 10 版。

大世界旅舍觀月 [24]

非小壺天色正秋，盤空金鏡襯雲流。

清輝射徹三千客，素魄翻開一座樓。

顧影每憐遺粟感，舉頭未忍故園愁。

旅情兩地輪同滿，題壁人應悵斗牛。

四十書懷 [25]

致富無從感杏壇，操持恬淡竟心安。

年來世事猶餘惑，夢醒胸懷尚耐寒。

長懶讓輸人一步，晏眠自笑日三竿，

儵然身外多兒子，肩擔何時得放寬。

待中秋 [26]

佇候蟾光皎潔明，平分秋色客中迎。

舉頭望羨當空映，屈指期求此夜晴。

牛渚賞心曾觸興，鄜州繫夢更關情。

離懷縱與輪同滿，擬上西樓酌觥觫。

---

24 原刊於《風月報》，第 73 號（1938 年 10 月 1 日），第 19 版。

25 原刊於天籟吟社幹事組編：《天籟詩集》，頁 5。

26 原刊於《中國詩文之友》，第 40 卷第 6 期（1974 年 11 月），頁 26。

丙子季冬與沅可二胞弟同遊圓山 [27]

攜手來時日將暮，劍潭水碧飛帆渡。

本欲登山觀異禽，鐵門已閉空迴步。

共坐磐石話無聊，吹袂風聲長蕭蕭。

眾峰盡著蒼然色，鴉破輕煙渡頭遙。

落日無情催人歸，小徑漸覺行者稀。

野老賣牛路傍立，論值低昂手亂揮。

堪嘆農村疲敝極，童子面呈青菜色。

禾稼既成田既耕，未知戶有幾何得。

顧我生來多感傷，見景情生斷迴腸。

太古巢留菶草跡，一路狂歌逸興長。

歌曰：

潭水碧兮劍氣寒，巢已荒兮太古殘。

懷鄭公兮騎鯨去，霸圖空兮世道難。

臨橋上兮久延佇，漁歌傳兮野人語。

獨感慨兮何所求，鳥雜喧兮心激楚。

---

27 原刊於《風月報》第 48 號（1937 年 9 月 21 日），第 16 版。修改後刊載於陳鐵厚《天
　籟吟社集》（1951），頁 17 上－18 上，此據《天籟吟社集》版本。

林錫牙先生詩選

先賢小傳

　　林錫牙（1913～1996），字爾崇。大正二年（1913）出生於臺北市大稻埕，為天籟首任社長林述三先生之次子，林錫麟之胞弟；林錫牙先生自幼受父親與兄長薰陶，昭和七年（1932）加入天籟吟社；其後更膺任天籟第三任社長，惟任期待考[1]，任內曾以天籟吟社名義舉辦二場全國詩人大會；民國八十五年（1996）去世。

　　先生自幼聰敏好學，日治時期受正規教育外，也進入礪心齋書房，接受其尊翁嚴格教誨；嘗奉父命赴福建廈門大學投考文系[2]，詎料遭遇兵戈，學業也因此受挫。返臺後，為謀生計，遂棄文從商，荒廢吟詠長達二十年。晚年榮獲世界藝術教育文化學院授予榮譽文學博士學位。

　　民國六十五年（1976），臺灣詩人聯合會（中華民國詩社聯合社）改組為中華民國傳統詩學會，林錫牙先生獲推為第一屆副理事長，民國六十八年（1979），任該會第二屆理事長，第三屆亦獲蟬聯，自第四屆起，轉任名譽理事長；亦曾擔任世界詩人大會中華民國代表，五屆世界詩

1　潘玉蘭著：《天籟吟社研究》，頁85，謂林錫麟社長任期至1973年左右，林錫牙則在1973年左右接任社長，但是已有多項文獻證明林錫牙在1973年之前早已擔任天籟吟社社長；頁84葉世榮先生亦云：林錫牙在1959年左右即擔任社長。故林錫牙之社長任期待考。

2　潘玉蘭著：《天籟吟社研究》，頁216，記載「一九三三年秋，奉其父林述三之命前往福建廈門大學投考文系」。

人聯吟大會顧問，全國詩人聯吟大會會長、顧問，東北六縣市詩人聯吟會顧問，臺北市詩社聯合社顧問，臺北市聯吟會顧問，中國文藝界聯誼會名譽副會長，中華學術院詩學研究所委員、顧問，中國詩文之友社顧問，詩文之友社顧問，網溪詩社顧問，中國謎苑雜誌社名譽副社長，礪心齋書院同學會會長等職務，也為瀛社、淡北吟社、鷺洲吟社、庸社社員；曾獲臺灣省長李登輝題贈「詩壇耆宿」獎狀，臺北市長高玉樹致贈「讀父書樓」匾額，亦獲教育部長李煥頒發「弘揚詩教」獎牌，卓然騷壇領袖。

日治時期，林錫牙先生擔任《風月報》編輯，其創作體裁豐富，有詩、賦、通俗小說、散文等。林錫牙先生為詩，謹守「多讀少作」之戒，六十年間僅作詩兩千餘首，詩作散見於《臺灣日日新報》、《南瀛新報》、《詩報》、《風月報》、《天籟》、《臺灣藝術》、《詩文之友》、《中華詩苑》、《中華藝苑》、《中國詩文之友》、《天籟詩集》、《傳統詩集》等刊物中。著有《讀父書樓詩集》傳世，詩集錄有日治至光復後三百首餘首作品，除古體、近體之詩，書末另附賦文集。

林錫牙先生將天籟調及吟譜公諸詩界，並親自教導，對於吟誦推廣不遺餘力。[3] 天籟眾人皆以為林錫牙先生吟詩最得林述三先生真傳[4]；遺音有〈滿江紅・金陵懷古〉、〈落花〉十五首第一至三首、〈清平調〉三首、〈涼州詞〉，收錄於張國裕及楊維仁所製編之《天籟元音》專輯中。

3　潘玉蘭：《天籟吟社研究》，頁 216。
4　高嘉穗：〈台灣人吟詩〉（《台灣的聲音》第 2 卷第 1 期，1995 年 1 月），頁 79。

詩　選

雞群鶴[5]

清唳諧咿喔，嵇山望自稀。
可堪笯裡鳳，何日與高飛。

春晴[6]

二月逢初霽，閑階綠草侵。
梅開含玉露，鶯囀入煙林。
蛛網簷前掛，苔衣石上深。
陽和新氣象，好作寇公吟。

一枝蘭[7]　丙子春於礪心齋家嚴命題

翛灑王香好，銅瓶插一枝。
靈根通九畹，紉珮自雙垂。
無地錐難託，臨風墨寫時。
美人芳草感，騷客素秋詩。
丰格纖纖立，斯馨細細支。
含薰惟對汝，幽意解相思。
空谷琴音遠，迴欄日影隨。
應將徵吉夢，品節具清姿。

5　原刊於《詩報》第 118 號（1935 年 12 月 1 日），第 3 版。
6　原刊於林錫牙：《讀父書樓詩集》（臺北市：正言月刊雜誌社，1979 年），頁 134。
7　原刊於林錫牙：《讀父書樓詩集》，頁 138。

初冬郊外　民國廿三年[8]

十月初三日，曳杖步鷺洲。

行行饒詩思，不為山水遊。

翠巒薄寒意，紅日覺溫柔。

出牆梅欲綻，老盡梧桐秋。

空庭鵝鴨寂，籬影蔭臥牛。

老農揮手語，漫冬粟歉收。

牧童亦解事，蔬菜價亦憂。

嗟嘆田家苦，噪雀弄啁啾。

天高鳶覓食，稻槁滿平疇。

賣麵亭小憩，村路長且修。

興盡買車返，斜照入紅樓。

琴鐘[9]

夢裡猶疑趙女彈，驚回未到日三竿。

筒中定刻傳初曙，一闋鄉心醒後看。

慈母線[10]　二首錄一

手澤針痕念幾經，天涯遊子繫萱庭。

征衫萬縷添魂夢，莫作無根水上萍。

8　原刊於林錫牙：《讀父書樓詩集》，頁 146。作者於題下自註：「民國廿三年」。
　　編者按：此詩時代背景實為日治時期昭和 9 年（1934）。

9　原刊於《詩報》第 220 號（1940 年 3 月 20 日），第 15 版。

10　原刊於林錫牙：《讀父書樓詩集》，頁 59。

廢吟 [11]

商界奔馳利欲驅，年來絕口一詩無。

風騷畢竟難為飯，煮字當時愧老蘇。

漫沙世兄索題桃花江小說 [12]

桃花江上見桃花，桃白桃紅玉不瑕。

零落桃花仙夢醒，竹籬茅舍是誰家。

蓬萊閣席上贈阿治同學 [13]

善到詩詞自玉人，一番相和綺懷真。

酒中別有生風趣，春在梅花不染塵。

壬申初秋與子宜世兄隨家嚴郊行步麟胞兄韻 [14]

村裡微聞玉珮風，隔溪綠竹帶秋容。

鴉歸落日西巖急，野寺悠揚送暮鐘。

溪聲 [15]

側耳潺湲徹夜鳴，詩心一片玉壺清。

可憐虛枕嘈嘈外，淘盡韶光是此聲。

---

11 原刊於林錫牙：《讀父書樓詩集》，頁76。
12 原刊於林錫牙：《讀父書樓詩集》，頁95。
13 原刊於林錫牙：《讀父書樓詩集》，頁94。
14 原刊於林錫牙：《讀父書樓詩集》，頁95。
15 原刊於林錫牙：《讀父書樓詩集》，頁113。

稻江月 [16]

一輪斜掛淡江天，讀父書樓影正圓。

八十年來吾亦老，羨娘不減舊嬋娟。

劍潭垂釣 [17]　四首錄一

如此空潭奈釣何，豈真劍氣已消磨。

迷濛煙雨春如畫，寂寞魚龍水不波。

幾輩閒時同領略，一竿拋處且婆娑。

絲綸未必求魚計，太古巢荒感慨多。

負笈東京 [18]

從師千里願依依，肯讓蘇章自發揮。

向學心同櫻怒放，登程身與鶹爭飛。

一肩書籍功名在，數載研磨意氣歸。

借問辛勤江戶日，他時定可報春暉。

---

16 原刊於林錫牙：《讀父書樓詩集》，頁 127。

17 原刊於林錫牙：《讀父書樓詩集》，頁 3 — 4。

18 原刊於林錫牙：《讀父書樓詩集》，頁 13。

丙子春與秋鏞世弟訪培文書閣呈主人文治先生 [19]

頻來無忌共清吟，不速還堪作客心。

我輩讀書違世用，自家韻事總時尋。

花當春放風光好，人以情投雅意深。

笑比羊求三徑上，忘年未讓古知音。

書香 [20]

翰墨芬芳繼有功，烹經煮史味無窮。

曹倉萬卷驚生蠹，魯壁千篇氣吐虹。

馥郁淵源揚聖訓，崢嶸世代挹春風。

儒林桃李相爭艷，那怕強秦劫火攻。

天籟吟社冬集席上口占 [21]

拍浮歡笑樂無涯，簪盍耆英酒興佳。

戴笠乘車循古道，烹經煮史沁幽懷。

絳帷硯北心聲舊，鐵板江東氣息諧。

好是小陽春已動，詩吟天籟約朋儕。

---

19 原刊於林錫牙：《讀父書樓詩集》，頁 21 － 22。

20 原刊於林錫牙：《讀父書樓詩集》，頁 37。

21 原刊於林錫牙：《讀父書樓詩集》，頁 43。

同幼岳訪觀漁 [22]

花月韶光夢裡過，當年壯志已銷磨。

偶聞莊子鳴天籟，喜聽王郎斫地歌。

紅粉千株詩債了，青衫一襲酒痕多。

浯江知己風騷客，書劍猶存奈老何。

劍潭夕照 [23]

落日殘紅抹翠鬟，當年劍氣已銷閒。

葱蘢園裡春三月，寂莫龕前水一彎。

帆影歸舟依曲岸，鐘聲暮鼓度圓山。

石橋倒映飛霞外，太古巢荒認此間。

父親節感懷 [24]

節逢八八倍思親，未報烏私感慨頻。

七歲趨庭初學禮，十年問字更勞神。

為師為父恩無限，傳道傳經德有鄰。

家訓不忘甘守拙，教兒何苦作詩人。

---

22 原刊於林錫牙：《讀父書樓詩集》，頁 49 — 50。

23 原刊於林錫牙：《讀父書樓詩集》，頁 52 — 53。

24 原刊於林錫牙：《讀父書樓詩集》，頁 57。

凌淨嫆女史詩選

先賢小傳

　　凌水岸（1914～1979），字淨嫆，以字行；一名眞珠，後輩呼爲眞珠姑。[1] 大正三年（1914）出生，臺北人。

　　凌淨嫆女史幼年聰敏好學，性情溫柔，師事礪心齋林述三夫子，勤讀經史，並參加天籟吟社，與姚敏瑄、鄞威鳳合稱「天籟三鳳」。長成以後，姿容娟秀，並由藝旦出道；出道未久，便嫁爲商人之婦。凌淨嫆女史婚後甚少吟咏，閒間偶有所作，亦不輕易示人，輒棄不留。晚年依女爲生，並於臺北市覺修宮教授吟唱，以此自娛。[2] 民國六十八年（1979）積勞成疾，與世長辭。

　　凌淨嫆女史遺詩大多爲綺年之作，散見於《詩報》、《天籟》、《天籟吟社集》、《詩文之友》等刊物，身後由摯友姚敏瑄及淨嫆女史之門生輯爲《淨嫆遺詩》，內容以課題、擊缽爲主，偶有詠史抒懷者。高雪芬譽其詩作「詞清句麗，使人解頤」[3]；莊幼岳則評其作品：「筆致流麗，

1　潘玉蘭：《天籟吟社研究》，頁100，記載張國裕社長及葉世榮副社長必稱林述三為「先生公」，……凌水岸為「真珠姑」。

2　凌淨嫆著，高雪芬編校：《淨嫆遺詩》（臺北市，正言月刊雜誌社，1979年），莊幼岳撰寫之詩集序。

3　凌淨嫆著，高雪芬編校：《淨嫆遺詩》，莊高雪芬撰寫之詩集跋，跋文之署名冠夫姓。

清真有味，其性靈處，往往有令人神怡者。」[4] 凌淨嫆女
史另與高雪芬合編《勸世詩選》。

凌淨嫆女史有平劇功底[5]，能吟辭賦、駢文、古體詩、
絕句、律詩、詞、曲等文體。天籟吟社舉辦第一次全國詩
人大會時，凌淨嫆女史以天籟調吟唱〈春江花月夜〉，其
音韻優美動人，聆聽者無不著迷，一時竟使喧鬧的禮堂變
得鴉雀無聲。[6] 遺音由張國裕及楊維仁收入《天籟元音》
專輯中。洪澤南盛譽其爲「吟唱女神」[7]；潘玉蘭則稱其：
「詩學造詣深，尤擅吟『天籟調』，其所吟〈春江花月夜〉、
〈落花〉十五首、〈白桃花賦〉、〈屈原行吟澤畔賦〉以
及厲鶚的〈悼亡姬〉十二首等，堪稱『經典之唱』，到現
在很少人能超越。」[8]

---

4 凌淨嫆著，高雪芬編校：《淨嫆遺詩》，莊幼岳撰寫之詩集序。

5 吳漫沙：〈台北的藝旦〉（《聯合文學》第 3 期，1985 年），頁 75。

6 潘玉蘭：《天籟吟社研究》，頁 142。

7 洪澤南撰稿，林孝璘主講：《大家來吟詩》（臺北市：萬卷樓圖書公司，1999 年），
頁 7。

8 潘玉蘭：《天籟吟社研究》，頁 228 － 229。

詩　選

雨晴 [9]

風和飛鵲噪門楣，濕意初融透薄曦。
花艸嫩紅鮮入畫，亂蛙競響綠荷池。

林述三夫子五旬華誕恭祝 [10]

爭捧蟠桃荔月天，瑞庭蘭玉敞瓊筵。
襟前孫抱含飴樂，海屋添籌紀德箋。

敬步黃潛廬絕句元韻 [11]

風浪吟聲一小樓，黃花絕色美人眸。
愧無婦道稱詩娣，猶賴師功且莫愁。

紅扇 [12]

滿面霓光一柄嬌，胭脂采染勝芭蕉。
丹霞反影陪宮帟，擺拂桃花暑氣銷。

9　原刊於《天籟》第 7 期（1950 年）。

10　原刊於《風月報》第 46 期（1937 年 8 月 10 日），第 19 版。

11　原刊於《詩報》第 239 號（1941 年 1 月 1 日），第 31 版。此題係為編者代擬，原作「敬步元韻」。

12　原刊於《詩報》第 276 號（1942 年 7 月 24 日），第 13 版。

熨髮 [13]

電成巧樣一盤鬆，螺髻崚崚襯冶容。
世界維新妝亦異，烏雲連綣好姿丰。

薛濤牋 [14]

松花小彩出成都，十色供吟對影孤。
一自韋郎拋去後，淚痕染紙認模糊。

晚春 [15]

年華似水怯餘春，花事匆匆感夢塵。
隔院殘鶯啼不住，聲聲愁煞倚欄人。

孤客夢 [16]

殘燈坐對獨傷神，萍梗生涯幾度春。
魂繞故園歸未得，祗從枕上會家人。

---

13 原刊於凌淨嫆著，高雪芬編校：《淨嫆遺詩》，頁1。
14 原刊於凌淨嫆著，高雪芬編校：《淨嫆遺詩》，頁4。
15 原刊於凌淨嫆著，高雪芬編校：《淨嫆遺詩》，頁8。
16 原刊於凌淨嫆著，高雪芬編校：《淨嫆遺詩》，頁9。

鄉夢 [17]

白雲親舍久相違，幻境何妨夜夜歸。
十載飄零家萬里，魂隨孤雁向南飛。

蛺蝶 [18]

訪綠搜紅柳外過，風前粉翅舞婆娑。
韓憑魂與莊生夢，都被滕王粉本羅。

蝴蝶花 [19]

風前粉翅暗香浮，數朵輕盈態最幽。
一樣紫斑渾莫辨，蘧蘧枝上夢莊周。

品茶 [20]

春茗新烹坐竹軒，雲腴細啜有餘溫。
武夷濃郁安溪淡，一樣甘芳可滌煩。

---

17 原刊於凌淨嫆著，高雪芬編校：《淨嫆遺詩》，頁 9 — 10。
18 原刊於凌淨嫆著，高雪芬編校：《淨嫆遺詩》，頁 10。
19 原刊於凌淨嫆著，高雪芬編校：《淨嫆遺詩》，頁 13。
20 原刊於凌淨嫆著，高雪芬編校：《淨嫆遺詩》，頁 13。

昭君出塞 [21]

漢家天子無長策，偏靠紅顏禦虜侵。
忍抱琵琶歸異國，出關別譜不成音。

扇影 [22]

齊紈掩映態輕柔，巧樣新裁一柄收。
涼友搖陰驚蝶夢，翩然月下蘸如秋。

屈原 [23]

離騷哀怨猶懷主，汨水淒涼葬逐臣。
豈獨詞章推鼻祖，精忠終古屬詩人。

病葉 [24]

霜落庭園損翠叢，可憐片片舞西風。
美人命薄紅顏老，一例逢秋嘆斷蓬。

21 原刊於凌淨嫆著，高雪芬編校：《淨嫆遺詩》，頁 18。
22 原刊於凌淨嫆著，高雪芬編校：《淨嫆遺詩》，頁 19 － 20。
23 原刊於凌淨嫆著，高雪芬編校：《淨嫆遺詩》，頁 22。
24 原刊於凌淨嫆著，高雪芬編校：《淨嫆遺詩》，頁 22。

雨絲 [25]

乍看銀竹散塵寰，又逐斜風畎畝間。

漠漠如膏蘇草木，紛紛似線繡江山。

隔窗淅瀝疏燈暈，遠浦微濛釣艇還。

寄語天孫休灑淚，小園叢竹欲成斑。

礪心齋同學會感作 [26] 己丑春

綺羅姊妹喜相迎，瓶杏鮮妍影共傾。

風月和融留韻迹，春雲爽徹續吟聲。

夕陽芳草渾無色，流水高山具有情。

幽賞優遊師友誼，談諧琴酒兩輕盈。

春泥 [27]

芳郊乍霽杏花天，濘淖沾鞋阻步蓮。

隔隴扶犂牛過後，依簷營壘燕爭先。

馬蹄踐雨經荒徑，鴻爪留痕記往年。

積潦容無乾淨土，濕雲猶繞夕陽邊。

25 原刊於凌淨嫆著，高雪芬編校：《淨嫆遺詩》，頁 6。

26 原刊於凌淨嫆著，高雪芬編校：《淨嫆遺詩》，頁 12 — 13。

27 原刊於凌淨嫆著，高雪芬編校：《淨嫆遺詩》，頁 18。

雪後梅花 [28]

水邊籬落雪初晴，玉骨瓊姿照影明。

古屋春寒遊子夢，芳林日暖美人情。

牆頭霽色冰魂淡，竹外斜陰粉態輕。

最憶孤山纔解凍，冷香嫩蕊數枝橫。

---

28 原刊於凌淨嫆著，高雪芬編校：《淨嫆遺詩》，頁 19。

傅秋鏞先生詩選

先賢小傳

　　傅秋鏞（1915～1994），號籟亭，大正四年（1915）出生，臺中縣東勢鎮人。曾任省公賣局板橋酒廠物品股長（公務員）、貿易商會計，民國八十三年（1994）去世。

　　傅秋鏞先生為人謙遜，博覽群書，好學不倦，受業於礪心齋林述三夫子，亦曾向林添福先生、杜冠文先生學習；楊振福、高銘祿則為傅秋鏞先生之高徒。傅秋鏞先生嘗任天籟吟社總幹事，中國傳統詩學會理事、常務理事兼附設詩教班主任講師，漢詩學會理事，網溪詩社秘書、副秘書長、秘書長[1]，龍吟詩社顧問[2]，龍潭詩社顧問[3]，臺北市詩人聯誼會副會長，長安詩社詩學教師，亦為瀛社、澹社、

1　中華民國傳統詩學會編：《傳統詩集》（第四輯）（臺北市：中華民國傳統詩學會，1988 年），頁 20，記載任該社秘書長。

2　劉金花：《龍潭客庄詩社社群發微：以陶社、龍吟詩社為例》（國立中央大學客家研究碩士在職專班碩士論文，2014 年），頁 173，註 410。《中國詩文之友》第 362 期（1985 年 3 月），頁 40，錄有傅秋鏞先生之〈龍吟詩社成立喜作〉：「覺社鴛湖姓字刊，詞鋒伶俐起儒酸。龍潭繼絕新詩壘，幟插當年李杜壇。」亦可為先生參與該社活動之證明。

3　中華民國傳統詩學會編：《傳統詩集》（第三輯）（臺北市：中華民國傳統詩學會，1985 年），頁 23，及丁潤如、吳劍鋒編：《網溪詩集》（臺北縣：中華民國網溪詩社，1986 年），頁 246，及丁潤如、吳劍鋒編：《網溪詩集》（續集）（臺北縣：中華民國網溪詩社，1990 年），頁 261，及吳劍鋒編：《網溪詩集》（第三輯）（臺北縣：中華民國網溪詩社，1991 年），頁 287，四書略歷記載任「龍潭詩社顧問」。

中國梅社、鷺洲吟社社員，也曾擔任《臺灣新生報》「新生詩苑」編審委員及執行編輯。

傅秋鏞先生認爲「詩教昇華，可補正史」[4]，故詩作中時有對於時代進步的紀錄、期許與反思，其詩稿名爲《籟亭詩草》，詩作散見於《詩報》、《風月報》、《昭和新報》、《臺灣藝術》、《興南新聞》、《天籟》、《天籟吟社集》、《中華詩苑》、《詩文之友》、《臺灣新生報》、《天籟詩集》、《心聲月刊》、《中國詩文之友》、《傳統詩集》、《網溪詩集》等刊物中，詞作則刊登於《詩報》、《礁溪鄉誌》，惟無專集傳世。陳鐵厚於《天籟吟社集》評其詩作「不讓天籟吟社之前輩」。曾編《七絕捷徑詩選》[5]，並著有《閩省擊鉢吟集箋註》。[6]

4　中華民國傳統詩學會編：《傳統詩集》（第二輯）（臺北市：中華民國傳統詩學會，1982 年），頁 273。

5　吳福助、黃震南主編，許惠玟審訂：《臺灣漢語傳統文學目錄新編》，頁 569。

6　中華民國傳統詩學會編：《傳統詩集》（第二輯），頁 29，記載「為闡釋擊鉢菁華，補讀之餘，著手箋註《閩省擊鉢集》，近將脫稿公諸於世。」

詩　選

題君朔蘆雁圖 [7]

澤畔浮鷗立，蘆中旅雁鳴。
三湘音訊斷，吮筆寫秋情。

秋夜聽雨 [8]

斷續添鄉思，韻傾孤枕多。
催詩喧竹院，洗甲瀉銀河。
淅瀝愁無奈，淋鈴譜有歌。
先生門不出，漏永任滂沱。

夏訪澎湖次刁老抱石韻 [9]

鐵翼撥清氛，凌空駕海雲。
兩儀窮四極，一見抵千聞。
草野民孤陋，澎湖眾合群。
菖蒲觴泛綠，促膝話南薰。

7　原刊於丁潤如、吳劍鋒編：《網溪詩集》，頁 249。

8　原刊於《詩文之友》第 27 卷第 3 期（1968 年 1 月），頁 32。

9　原刊於丁潤如、吳劍鋒編：《網溪詩集》，頁 247。

人日題詩寄草堂了翁招飲席上以題為韻得人字擬試帖體行之[10]

> 高適親題詠，詩成寄友人。
>
> 草堂琴匣舊，苔砌玉花新。
>
> 故里城連塹，迴瀾海作鄰。
>
> 停雲驚望眼，落月照丰神。
>
> 問訊千篇少，臨池一字貧。
>
> 幸調編報室，結束遠遊身。
>
> 筆潤前溪水，壺傾若下春。
>
> 不違雞黍約，片紙醉佳辰。

有感擊缽[11]

> 長恨春帆約，割地供倭夷。
>
> 遺民拒奴化，丹鉛設絳帷。
>
> 殘篇風靡靡，補讀夜孜孜。
>
> 詞華揚擊缽，窗課繼焚脂。
>
> 犄角紛鏖戰，精神怕稍虧。
>
> 社似東山起，調高天下知。
>
> 文章寓比興，徵逐暢所為。
>
> 不久復版籍，簞食迎王師。
>
> 于老蒞臺後，嘆為鄒魯湄。

---

10 原刊於中華民國傳統詩學會：《傳統詩集》（第二輯），頁 29。

11 原刊於中華民國傳統詩學會：《傳統詩集》（第一輯），（臺北市：中華民國傳統詩學會，1979 年），頁 31。

蘭亭重九會，題襟賦以詩。
六義涵天地，三墳鑄鼎彝。
孔孟源流溯，文化良可思。
派因朝代改，風並世情移。
缽聲非可短，技小雕蟲窺。
難登大雅室，何有句探驪。
還珠買數櫝，誰肯振其衰。

天籟吟社冬集 [12]

雪梅亟爭春，持恒心齊礪。
絳帷失恩師，早見星占歲。
斐亭鐘已沉，天籟情永契。
向學無止終，世事多興替。
仲氏負奇才，作述觴詠繼。
缽會萃友生，蘸筆去迂滯。
頗有乃父風，豈獨雕蟲藝。
學會慶得人，主盟革凋敝。
孤山世係高，覽社文章麗。
捐資興社團，循循維體制。
名士廣交遊，聯歡常把袂。
會飲值初冬，兼作暖寒計。
酒酣斫地歌，罰依金谷例。

偶感 [13]　四首錄一

是耽韻學識之無，到處遴才興不孤。
知否持衡非易事，珊瑚網下有遺珠。

望遠鏡 [14]

塵寰一髮箇中看，管底休誇眼界寬。
藉汝能窮千里目，蕭牆有禍察還難。

冒暴風雨過臺北橋 [15]　二首錄一

風吼濤聲勢若雷，駭人陣陣撼橋來。
有身飛去三千尺，帽影江中滾幾回。

世味 [16]

細嚼人生到老知，酸鹹端不合時宜。
風霜飽嚐崎嶇路，化作回甘蔗境時。

---

13 原刊於曾文新主編：《新生詩苑》，頁38。

14 原刊於鄭金柱編：《現代傑作愛國詩選集》（臺北市：鷺洲吟社外務部，1939年），
　頁191。

15 原刊於《詩報》第277號（1942年8月5日），第5版。

16 原刊於賴子清編：《中華詩典》（臺北市：編者自刊，1965年），頁382。

鵬程 [17]

六翮雄翻南北海，三秋高趁往來風。

天池萬里逍遙去，錦繡江山鳥瞰中。

溪聲 [18]

奔流峽下韻淒清，一樣啼猿動客情。

逝盡年光咽危石，在山漫作不平鳴。

蘭陽道中 [19]

野曠天低眼界賒，蜿蜒公路日西斜。

風飄貂嶺懸崖樹，浪打龜山隔岸花。

古渡斑斑環積石，歸舟點點認漁家。

櫓聲搖破滄溟外，萬頃金波燦落霞。

---

17 原刊於《詩文之友》第 30 卷第 1 期（1969 年 5 月），頁 24。

18 原刊於《詩文之友》第 30 卷第 1 期（1969 年 5 月），頁 24。

19 原刊於革命實踐研究院中興詩歌社、臺北市文獻委員會端午詩社等編：《中華民國
　詩人及其詩》（臺北市：臺北市文獻委員會端午詩社，1973 年 12 月），頁 237。

師門感舊[20]

何當問字共殘宵，來拜遺容感寂寥。
偶憶窮經承教學，猶懷立雪固思潮。
典型可鑑留千古，詩筆推陳壓六朝。
偉大師恩忘不得，記曾朽木宰予雕。

天籟吟社四十週年紀念[21]

襟題天籟夜窗邊，洛社吟風卅載綿。
尚有耆英將耳順，豈無衣缽得心傳。
情高鶴立騷壇譽，思逐蛟騰海宇緣。
除卻書齋程雪舊，絳帷不盡憶髫年。

月屆小陽忽憶梅村詞友[22]　三首錄一

風回驛路美人魂，準擬扶藜一叩門。
羽扇綸巾清有夢，竹籬茅舍冷無痕。
月明林下時相憶，春逗枝頭意自溫。
世外生涯原澹泊，香聞幽僻也名存。

---

20 原刊於《詩文之友》第 2 卷第 2 期（1960 年 3 月），頁 20。
21 原刊於《詩文之友》第 17 卷第 5 期（1963 年 2 月），頁 32。
22 原刊於陳鐵厚編：《天籟吟社集》，頁 21。

天籟吟社春宴 [23]

華筵海島日遲遲，且學萊公舞柘枝。
玉潤珠圓天籟調，風清月白柳家詞。
詩懷蓬勃興吾輩，筆力渾雄仿業師。
桃李成蹊花氣盛，十千買醉祝春釐。

七十自述 [24]　二首錄一

淨几春邊兩袖風，騷壇久困事雕蟲。
最難架上編無缺，差幸壺中酒不空。
立志書香兒好學，側身文藝我猶窮。
自知垂老當遊樂，半價車資竟返童。

哭笑雲窗兄 [25]

彗星忽墜稻江濱，風雨淒迷弔故人。
詩酒花償三願了，去來今觸百愁新。
調高白雪鳴天籟，籍隸瓊樓去俗塵。
一卷東寧吟集在，壇墠留作數家珍。

---

23 原刊於中華民國傳統詩學會：《傳統詩集》（第二輯），頁 29。
24 原刊於《台灣新生報》（1984 年 3 月 31 日），「新生詩苑」。
25 原刊於曾文新主編：《新生詩苑》，頁 442。

創造「富而好禮」社會[26]

　　禮則維新幸未荒，富而勤習值稱揚。

　　謙恭本立低姿態，約束文斟舊典章。

　　原憲非貧明素志，石崇賈禍為剛腸。

　　銅山崩塌家何有，社會安和國必昌。

　　對外彬彬容可掬，逢場侃侃辯猶香。

　　知書互勵風先進，界闊華胥海一方。

---

26 原刊於丁潤如、吳劍鋒編：《網溪詩集》（續集），頁 262。

姚敏瑄女史詩選

先賢小傳

姚敏瑄[1]（1915～1991），大正四年（1915）生[2]，臺北市人，礪心齋林述三先生弟子，姚家三姐妹姚也好、姚敏瑄、姚淑瑪皆曾在林述三夫子之礪心齋書房學習漢文。日治時期獲聘爲《臺灣民報》記者，爲臺灣第一位女記者[3]，直至民國三十六年（1947），二二八事件爆發，臺灣報界情勢發生變化[4]，姚敏瑄女史乃結束記者生涯。

民國三十五年（1946）一月發起臺北市婦女會[5]，同

1 關於姚敏瑄生平，詳見張典婉：〈筆縷成阡陌——台灣第一位女記者〉（《台北人》創刊號，1987 年 9 月 1 日），頁 90－95；以及潘玉蘭：《天籟吟社研究》，頁 231－234。

2 有關姚敏瑄生年，有 1913、1914、1915 年三種說法，今依據潘玉蘭說法
   （1）張典婉：〈筆縷成阡陌——台灣第一位女記者〉，頁 90，訂為 1913 年。
   （2）國立臺灣大學圖書館數位典藏館《女史無國界》，訂為 1914 年，網址：https://dl.lib.ntu.edu.tw/s/mn0018/mn0018-search?q=，搜尋日期：2022 年 8 月。
   （3）潘玉蘭：《天籟吟社研究》，頁 164，「表十一：天籟吟社社員資料表」訂為 1915 年；頁 231，註 128 潘玉蘭提到姚敏瑄之親人提供其生年，為 1915 年。

3 臺灣第一位女記者另有其他說法：一為楊千鶴，其生平參見楊千鶴著，張良澤、林智美譯：《人生的三稜鏡：一位傑出臺灣女作家的自傳》（臺北市：前衛出版社，1995 年）。二為 1930 年代新文學運動先鋒者廖漢臣之姊、雕塑家黃土水之妻廖秋桂，參見顏娟英、蔡家丘總策畫：《臺灣美術兩百年（上）：摩登時代》註 31，（臺北市：春山出版社，2022 年），頁 279。

4 張典婉：「在『二二八事件』後，『台灣民報』社長林茂松失蹤，台灣的報界情勢也有了變化，像『人民日報』、『自強日報』、『大明報』及上海的『大公報』、『申報』也都解散了。」張典婉：〈筆縷成阡陌——台灣第一位女記者〉，頁 94－95。

5 林秋敏：〈謝娥與臺灣省婦女會的成立及初期工作〉（《臺灣文獻》第 63 卷第 1 期，2012 年 3 月），頁 296。

年（1946）二月，獲選臺北市婦女會首屆理事兼福利股長。[6]
同年（1946）三月，參與發起臺灣省婦女會，同年（1946）
五月，獲選臺灣省婦女會首屆理事。[7] 曾任《臺灣婦女月
刊》主編[8]、臺北市婦女紡織合作社理事長[9]，亦大力呼籲
當時社會養女問題[10]，為臺灣婦女運動的重要人物。[11] 女史
於民國三十六年（1947）擔任復興幼稚園董事會董事，民
國四十年（1951）擔任《臺灣詩壇》社務委員。[12]

　　姚敏瑄女史一生為時事爭鳴，並致力詩教。晚年曾於
樂善壇及一貫道「天元本堂」教授國學。[13] 然罕見詩作，作
品亦無專集行世，曾主導收集凌淨嫆遺詩數十首，輯成《淨
嫆遺詩》。[14] 與天籟吟社凌淨嫆、鄞威鳳合稱「天籟三鳳」。
影響所及，其外甥歐陽開代、內姪姚啟甲後亦加入天籟吟
社，先後膺任天籟吟社社長（理事長）。

6　林秋敏：〈謝娥與臺灣省婦女會的成立及初期工作〉，頁 296。

7　林秋敏：〈謝娥與臺灣省婦女會的成立及初期工作〉，頁 297 − 298。

8　吳雅琪：〈戰後臺灣婦女雜誌的長青樹──《臺灣婦女》月刊〉（《近代中國婦女
史研究》第 16 期，2008 年 12 月），頁 279。

9　賴子清編：《臺海詩珠》（臺北市，編者自刊，1982 年），頁 290。

10 張典婉：「當時的省議員呂錦花受到她（指姚敏瑄）影響，成立了『養女保護協
會』。」張典婉：〈筆縷成阡陌──台灣第一位女記者〉，頁 94。

11 林秋敏：〈臺灣省新運婦女工作委員會與戰後初期臺灣婦女工作〉，頁 290。

12 《臺灣詩壇》第 1 卷第 1 期（1951 年 6 月 9 日）。

13 參見張典婉：〈筆縷成阡陌──台灣第一位女記者〉，頁 95，以及林枝鄉：《天賜
貴人：林枝鄉傳奇人生的感恩》，（新北市：大香山慈音巖管理委員會，2017 年），
頁 32。

14 凌淨嫆著，高雪芬編校：《淨嫆遺詩・跋》：「淨嫆既喪之翌月，其摯友姚女士敏瑄，
暨淨嫆之門生等，收輯其遺詩數十首，將付剞劂以傳，請外子幼岳點定，並囑雪芬
為之編校。」

詩　選

青眉 [15]

雙蛾彷彿訝新蟾，宮樣妝成翠黛添。

春色遠山明似畫，嬌姿細柳態猶纖。

紅扇 [16]

似將輕影片霞搖，色泛桃花一柄嬌。

掩面最憐初帶醉，胭脂新染紫芭蕉。

窗前鶯 [17]

繡幕低穿百囀新，無端巧舌報花晨。

唱酬聲出疏櫺裡，斷續幽簧入夢頻。

---

15 原刊於《詩報》第 273 號（1942 年 6 月 5 日），第 15 版。

16 原刊於《詩報》第 276 號（1942 年 7 月 24 日），第 13 版。

17 原刊於《詩報》第 294 號（1943 年 4 月 23 日），第 20 版。

風片 [18]

十里香塵影浪拋，玲瓏面面掠春梢。

斜飄絲雨穿芳徑，斷颸煙綃過碧郊。

落葉拂簾鉤細戞，飛花散帶珮輕敲。

薄寒扇取薰蘭氣，卷展芭蕉綠錦梢。

東南風 [19]

一陣燒殘妙算高，漫天懍烈展龍韜。

連檣推轉飆聲急，大纛衝翻火勢滔。

半壁沙痕沈鐵戟，長江煙影捲銀濤。

功成早兆三分定，智激周郎氣破曹。

白蓮 [20]

玉立亭亭浸雪肌，銀塘香滿淨煙絲。

空憐蘸影波無色，偏是銷魂粉未施。

凝淚只因清露濕，含情不逐曉風吹。

素芳自賞紅塵外，洗盡鉛華向碧池。

---

18 原刊於《詩報》第 277 號（1942 年 8 月 5 日），第 15 版。編者按：《詩報》原刊
　　兩押「梢」字韻，第八句韻腳疑是「捎」字之誤植，然尚無佐證資料，暫記錄於此。

19 原刊於《詩報》第 281 號（1942 年 10 月 10 日），第 10 版。

20 原刊於《詩報》第 289 號（1943 年 2 月 1 日），第 15 版。

季札劍[21] 二首

吳鉤佩出壯儀容，雅誼翩翩滯客蹤。
敢對丹心存隱臆，偏垂青眼眷雄鋒。
摩挲雪鍔寒光耀，凜烈霜華紫氣鍾。
此日回輪嗟永隔，為伊秋水化為龍。

文斾揚揚遠客蹤，豪情顧盼耀芙蓉。
只因出使威儀重，何礙停驂寶氣衝。
信著千秋心已契，交全一面意偏鍾。
九原諒此應惆悵，餘恨空隨錦匣封。

述三夫子六十晉一榮壽誌慶[22]

○○源○本浩然，春風化雨澤無邊。
○○○○推先覺，矢志傳經啟後賢。
弟子盈門稱上壽，兒孫繞膝樂遐年。
詩徵天籟呈三祝，同慶佳辰醉綺筵。

---

21 原刊於《詩報》第 293 號（1943 年 4 月 6 日），第 11 版。
22 原刊於《天籟》第 1 期（1948 年 8 月）。○字表模糊不清，無法辨識。

礪心齋同學會感作 [23]

新詩共賞且談心，此日聯歡得意吟。
明月照人留皓影，好風到處是清音。
琴書逸趣開三徑，蘭蕙餘香度一林。
韻事千秋師友誼，高山流水契偏深。

辛卯詩人節紀念鄭成功 [24]

歲當令節報端陽，一代明臣姓字香。
恢復中原期掃賊，誓全漢族重勤王。
千秋劍氣輝潭影，萬古忠心貫碧蒼。
遺恨騷人同感慨，綠梅憑弔歷風霜。

張李德和女史中選臺灣省議會議員賦祝 [25]

淵源家學合簪纓，繡閣曾傳藝苑名。
有集琳瑯詩婉妙，聯篇珠玉句縱橫。
早聞讜論超凡俗，久慕清才振雅聲。
巾幗鬚眉推卓立，仁和德政濟蒼生。

---

23 原刊於陳鐵厚編：《天籟吟社集》，頁 26 下。
24 原刊於李騰嶽編：《辛卯全國詩人大會集》，頁 49。
25 原刊於《臺灣詩壇》第 2 卷第 1 期（1952 年 1 月 1 日），頁 10。

高墀元先生詩選

先賢小傳

　　高墀元（1918～1998），字策軒。大正七年（1918）生於臺北縣新店街，公學校畢業後留學日本京都昭和第一商業學校，返臺後就讀礪心齋，師事林述三夫子，從讀經史，旁及韻學，參加天籟吟社，其後又參與碧潭吟社[1]，曾任天籟吟社幹事、中華民國傳統詩學會理事。岳父培文書閣鄭文治為北臺名詩人，亦參加天籟吟社；夫人高碧姿亦擅吟詠，夫唱婦隨，一同參與天籟吟社與詩壇活動。民國八十五年（1996）天籟吟社社長林錫牙去世後，以輩分

---

[1] 盛清沂總纂：《臺北縣志・文藝志》謂碧潭吟社「成立於民國三十二年（1943），創辦人陳烏龍、高墀元等，有社員十一人，每月擊鉢吟詩。民國三十七年（1948），因故停吟至今，詩作不存。」見盛清沂總纂：《臺北縣志》（臺北縣：臺北縣文獻委員會，1960年），卷二十六《文藝志》，頁5下。中華綜合發展研究院應用史學研究所總編纂：《新店市志》（臺北縣：新店市公所，2006年）也沿用此一說法，謂陳烏龍、高墀元等十一人於昭和十八年（1943）成立碧潭吟社，見《新店市志》（臺北縣：新店市公所，2006年），頁638。編者按：《臺灣日日新報》，1934年3月25日，第8版刊登葉蘊藍與黃文虎詩〈祝碧潭吟社成立〉；《臺南新報》，1934年4月6日，第8版刊登倪登玉詩〈祝碧潭吟社成立〉，可見碧潭吟社成立於1934年，而《臺北縣志》碧潭吟社成立於1943年之說錯誤。1934年碧潭吟社成立之年，高墀元年僅十六，而且高墀元最早見於碧潭吟社之文獻為《詩報》第212號（1939年11月17日）第17版，碧潭吟社〈祝社友高策軒君新婚擊缽　海燕〉，亦可證明《臺北縣志》與《新店市志》高墀元等在1943年創立碧潭吟社說法錯誤。

最高、資歷最深，被推舉爲社長，惟未實際運作社務[2]，
二年後（1998）逝世。詩作散見各報章雜誌，無專集行世。

---

2 據張國裕、葉世榮言：林錫牙過世後，社員推舉輩份最高、資歷最深的高墀元為社
　長，但高氏婉拒社長一職，並未接任，然而社員對他相當敬重，以社長視之。見潘
　玉蘭：《天籟吟社研究》，頁84。

詩　選

春晴 [3]

> 攜柑兼斗酒，愁緒付銷沉。
>
> 臥草湘雲史，憐花黛玉林。
>
> 庭園方霽色，樹木幻層陰。
>
> 到處啼鶯燕，詩人有賞心。

重陽菊 [4]

> 絕好登高日，寒英最可人。
>
> 陶家開作伴，陸府種為鄰。
>
> 疊玉丰姿淡，凌霜晚節新。
>
> 風流狂杜牧，歸插滿儒巾。

鄉思 [5]

> 他邦無那小勾留，為有痴情梓里憂。
>
> 秋社玄禽春社雁，懷歸一樣故園愁。

3　原刊於《詩報》第 126 號（1936 年 4 月 2 日），第 8 版。

4　原刊於《詩報》第 260 號（1941 年 11 月 17 日），第 15 版。

5　原刊於《詩報》第 122 號（1936 年 2 月 2 日），第 14 版。

情淚[6]

巾上沾來緒觸時，相思無奈自淋漓。
依然一感鮫珠意，如此潸潸總覺痴。

琴心[7]

也如劍膽七絃情，一點靈犀指下生。
無限子期同感慨，絲桐韻奏入神清。

走赦馬[8]

三寶壇前月一鉤，狂奔案畔幾烏頭。
不知紙驥傳書去，有罪亡人得免不。

消夏詞[9]

南來涼味日西銜，避暑山亭傍翠巖。
謝絕趨炎名利客，清風兩袖免憂讒。

6　原刊於《詩報》第 125 號（1936 年 3 月 20 日），第 14 版。

7　原刊於《詩報》第 129 號（1936 年 5 月 15 日），第 5 版。

8　原刊於《詩報》第 158 號（1937 年 8 月 1 日），第 15 版。

9　收錄於曾笑雲編《東寧擊鉢吟三集》，原刊於《詩文之友》第 19 卷 6 期（1964 年 4 月），頁 44。

新荷 [10]

冉冉柔枝水面臨，塵埃半點不相侵。
他時莫怪凌波美，出得頭來便苦心。

廢渡 [11]

半篙野水淡江南，遙望津頭更蔚藍。
此日已無雙槳影，痕留古岸柳毿毿。

新荷 [12]

田田乍露夕陽紅，翠蓋初擎葉未豐。
卅六鴛鴦遮不得，採蓮船莫進池中。

酒醒口占 [13]

江平沙靜不驚鷗，訪豔重登舊酒樓。
我輩一番風雅事，昨宵醉倒大橋頭。

---

10 原刊於洪寶昆、高泰山編：《臺灣擊鉢詩選第二集》，頁384。
11 原刊於洪寶昆編：《台灣擊鉢詩選第三集》，頁446。
12 原刊於《中國詩文之友》第42卷第5期（1975年10月），頁40。
13 原刊於曾文新主編：《新生詩苑》，頁270。

龍吟詩社成立喜賦 [14]

嶄新頭角露崢嶸，高築詩壇按酒兵。
不愧異軍今突起，龍吟珂里振天聲。

夏晴 [15]

薰風蕩漾雨初晴，火傘高張照八紘。
萬里江山開霽色，照他世界盡光明。

述三老夫子五旬佳誕謹此祝之 [16]

南山瑞色太分明，玄象居然出斗城。
漫把靈桃為大算，謹將麵線表微誠。
千秋蘉鑠原無減，一代風騷總有名。
更待十年花甲滿，重開壽宴祝先生。

春夜雅宴　培文書閣歡迎碧潭吟社諸詞友 [17]

春光無限客相邀，暢敘天倫正此宵。
書閣風清先得月，芳園人好共攜瓢。
杯浮桃葉紅霞泛，句寫梅花白雪飄。
時值團圓須盡醉，酣餘詩興更高超。

---

14 原刊於《中國詩文之友》第 362 期（1985 年 3 月），頁 41。
15 原刊於《中國詩文之友》第 439 期（1991 年 8 月），頁 43。
16 原刊於《風月報》第 47 號（1937 年 9 月 2 日），第 16 版。
17 原刊於《詩報》第 247 號（1941 年 5 月 6 日），第 21 版。

六一初度 [18]　二首錄一

無那光陰似水流，驚看甲籙已重周。
閒從海上敦夷惠，時向樽前契鷺鷗。
處世常存天地理，奉公不為稻粱謀。
老來猶有疏狂氣，合上元龍百尺樓。

癸亥謁述三夫子佳城有感 [19]

案牘勞形廢簡篇，退休今幸賦歸田。
獅峰固立先生塚，鹿洞長留弟子緣。
缽蕩心齋懷往事，箋攤天籟養餘年。
每逢孔節諸窗友，結伴登山拜墓前。

七十書懷 [20]　二首錄一

煙霞嘯傲自悠悠，七十初開雅事留。
但願天倫能盡樂，敢祈海屋更添籌。
了無痴夢迷蝴蝶，惟有閒情契鷺鷗。
時舉酒杯娛晚景，余生此外復何求。

---

18 原刊於曾文新主編：《新生詩苑》，頁 97。
19 原刊於天籟吟社幹事組編：《天籟詩集》，頁 77 — 78。
20 原刊於天籟吟社幹事組編：《天籟詩集》，頁 76 — 77。

賦呈林社長錫牙窗兄 [21]

文章新法判分毛，不共迂儒嚼舊糟。

壇坫早標天籟調，筆花開作海雲濤。

同門志業江山古，秉世吟旗日月高。

戛玉敲金揚國粹，逋仙家學本詩豪。

哭林公錫牙社長千古 [22]

望風淚灑稻江隈，欲獻蕪詞費剪裁。

天籟同盟修白馬，芸窗記讀契青梅。

人間無計留君住，華表深期化鶴來。

從此不煩身外事，可悲撒手赴泉臺。

---

21 原刊於《詩報》第 122 號（1936 年 2 月 2 日），第 14 版。

22 原刊於《台灣古典詩擊鉢雙月刊》第 10 期（1996 年 10 月），頁 43。

林安邦先生詩選

先賢小傳

　　林安邦（1922～2006），字肖雄[1]，號得中生，大正十一年（1922）出生，臺北人，曾任公家秘書職，民國九十五年（2006）去世。

　　林安邦先生年少時期即入礪心齋書房，師事尚睡軒林錫麟夫子，為林述三先生之再傳弟子，研讀經書、詩詞賦、射覆等學問。先生於日治時期便已加入天籟吟社，曾任天籟吟社幹事、總幹事、顧問，全球漢詩詩友聯盟顧問，中國傳統詩學會副秘書長、秘書長、理事、常務理事、顧問等職。

　　林安邦先生之詩作題材多元，作品散見於《詩報》、《天籟》、《中國詩文之友》、《天籟詩集》、《傳統詩集》等詩刊雜誌，惟無專集傳世。陳鐵厚於《天籟吟社集》謂其「博覽群書，地理方面精微，少人與辯，詩作佳妙。」[2]民國七十一年（1982）榮獲「傳統詩創作獎」。

　　林安邦先生吟誦詩文尤其著重喜怒哀樂之聲情表現，嘗與李天鸞、張國裕完成天籟調定譜工作，亦曾指導東吳大學停雲詩社。林安邦所吟之〈短歌行〉、〈木蘭詩〉、〈將進酒〉、〈長相思〉、〈杜鵑鳥賦〉、〈屈原行吟澤畔賦〉、〈擬庾子山對燭賦〉等都被高嘉穗以五線譜紀錄，

1　陳鐵厚編：《天籟吟社集》，略歷 7 下，最早記載「號肖雄」。
2　陳鐵厚編：《天籟吟社集》，略歷 7 下。

並收錄於《臺灣傳統吟詩音樂研究》中；除了賦體、古體、絕句、律詩、宋詞，林安邦先生甚至還能吟唱《西廂記》第一本第一折，包羅廣泛，其遺音收錄於張國裕及楊維仁所製編之《天籟元音》專輯中。除此之外，林安邦先生所吟之〈歸去來辭〉、〈恨賦〉也為天籟調代表曲目，可惜今已失傳。

詩　選

土庫別孫永得社友³　三首錄一

心猶依故里，身已入他鄉。

轉盼山川色，風煙一望涼。

觀湖亭春讌⁴

雅趣邀騷客，高屏德不孤。

曲橋憑釣月，柳岸賞飛鳧。

一渚澄人海，三亭聳鳳區。

花朝開勝會，觴詠爽吟軀。

青眉⁵

綴采妝臺賦筆尖，輕描細柳翠相兼。

一鉤影共春山黛，新月留痕映畫簾。

江城春霽⁶

一灣環繞稻江鄉，漾碧流紅映夕陽。

閒步劍潭楊柳岸，初晴芳草晚來香。

3　原刊於中華民國傳統詩學會：《傳統詩集》（第五輯）（臺北市：中華民國傳統詩學會，1994 年），頁 47。

4　原刊於中華民國傳統詩學會：《傳統詩集》（第三輯），頁 59。

5　原刊於《詩報》第 273 號（1942 年 6 月 5 日），第 15 版。

6　原刊於天籟吟社幹事組編：《天籟詩集》，頁 46。

雙溪賞雨 [7]

迷濛飄灑入書窗，洗甲催詩勢未降。
極目貂山風雨裡，騷壇益友影雙雙。

消夏吟 [8]

竭來江畔譜新詞，嘹喨清音逐曉曦。
祛解暑炎聽逸韻，悠揚天籟沁詩脾。

詩膽 [9]

騷壇唱和意安舒，撐腑披肝筆自如。
扢雅揚風匡國運，高吟浩氣蓋坤輿。

焚香讀楚詞 [10]

一炷離騷閱未周，國家興廢掛心頭。
秋蘭紉佩行吟苦，願復神州志共酬。

臺北驛待車 [11]　二首錄一

徘徊驛館不妨吟，夜雨燈煙孰賞音。
汽笛春風飛耳畔，車聲轆轆旅人心。

7　原刊於天籟吟社幹事組編：《天籟詩集》，頁 48。
8　原刊於中華民國傳統詩學會：《傳統詩集》（第三輯），頁 57。
9　原刊於中華民國傳統詩學會：《傳統詩集》（第四輯），頁 38。
10　原刊於中華民國傳統詩學會：《傳統詩集》（第五輯），頁 50。
11　原刊於中華民國傳統詩學會：《傳統詩集》（第五輯），頁 46 － 47。

觀棋 [12]

車來馬往出轅門，楚界紛爭日未昏。
炮擊雙方憑固壘，攻防局勢話戎軒。

東南風 [13]

便與周郎一炬豪，凜然臺上起呼號。
勢凌雲漢驚烏鵲，威壓江心挫魏曹。
岸北有船皆著火，軍中無士不翻濤。
面今橫槊雄何在，吹出三分鼎足高。

青年節前夕感懷 [14]

緬懷七十二英雄，革命中華蓋世功。
殺賊壯猷光漢室，救民偉策覆清宮。
名垂青史千秋重，血灑黃花百代崇。
佳節關心陳俎豆，廣州遙望感無窮。

---

12 原刊於中華民國傳統詩學會：《傳統詩集》（第六輯）（臺北市：中華民國傳統詩學會，1997 年），頁 40。
13 原刊於《詩報》第 281 號（1942 年 10 月 10 日），第 10 版。
14 原刊於天籟吟社幹事組：《天籟詩集》，頁 49。

秋日貂嶺紀遊 [15]

驅車赴聘到三紹，佳節登高興趣饒。

覽勝心寬隨履健，朗吟韻響逐花飄。

雙溪暢敘詩千首，六縣聯歡酒一瓢。

濟濟騷人來遠地，林侯情重感相邀。

祝林錫牙先生連任傳統詩學會理事長 [16]

詩書禮樂久薰陶，韻協宮商格調高。

得句雲煙初落紙，整篇珠玉任揮毫。

先生逸思崇莊正，國士英才合獎褒。

天籟清音聞海嶠，春風化雨感同叨。

陽明山避暑 [17]

尋涼路入百花欉，消夏行吟六月中。

大好蟬聲忘午日，最憐鳥語送薰風。

七星嶺下溫泉白，紗帽峰尖火傘紅。

笑煞趨炎名利客，桃源境有水晶宮。

---

15 原刊於天籟吟社幹事組：《天籟詩集》，頁50。

16 原刊於中華民國傳統詩學會：《傳統詩集》（第三輯），頁58。

17 原刊於中華民國傳統詩學會：《傳統詩集》（第三輯），頁58－59。

頌春 [18]

履端肇慶上丹梯，首祚迎祥百福齊。

水暖芳菲風習習，月明淑氣草萋萋。

瓊林柏酒中興頌，金闕椒花大雅題。

國運隆昌呈瑞靄，渡江梅柳聽鶯啼。

秋日淡江遣興 [19]

炎威消盡近涼宵，閒步稻江佳興饒。

紫檻西風名士屐，紅樓落日美人簫。

船如鵝鴨依沙堰，車似牛羊走石橋。

古渡已無殘跡渺，岸邊一水隔塵囂。

旅美回臺感賦 [20]

歸程萬里上飛船，鵬搏滄溟栩栩然。

腳下白雲鋪雪海，眼前紅日掛青天。

晴空朗徹來塵客，玉宇清虛降謫仙。

攝氣御風回禹甸，風光無限意流連。

---

18 原刊於中華民國傳統詩學會：《傳統詩集》（第三輯），頁 59。

19 原刊於中華民國傳統詩學會：《傳統詩集》（第三輯），頁 59。

20 原刊於中華民國傳統詩學會：《傳統詩集》（第四輯），頁 37。

失題[21]

允文允武挽狂瀾，誓志隨師解國難。
北伐河山歸一統，驅胡黎庶得三餐。
心同日月垂儀範，史誌功勳勒玉盤。
騷客滿城開勝會，中華兒女荷吟安。

悼林故社長錫牙先生[22]

勝會騷壇憶往年，填詞作賦喜相傳。
清吟逸響鳴天籟，索句推敲出素箋。
愧我無成空老大，先生雍雅賽前賢。
音容遺照留懷念，讀父書樓仰謫仙。

---

21 原刊於中華民國傳統詩學會：《傳統詩集》（第五輯），頁48。林安邦先生原題即作「失題」。

22 原刊於中華民國傳統詩學會：《傳統詩集》（第六輯），頁38。

張國裕先生詩選

先賢小傳

張國裕（1928～2010），字天倪。昭和三年（1928）出生於臺北市，民國三十六年（1947）師事礪心齋學院林錫麟夫子，研習詩書[1]，並參與天籟吟社，曾任天籟吟社幹事、總幹事；民國八十七年（1998），接任天籟吟社社長；民國九十三年（2004）八月辦理天籟吟社社員重新登記，引進學生與後進入社，並訂定辦法，每季舉行擊缽例會，每週辦理天籟吟社讀書會，任指導老師[2]，奠定今日天籟吟社之規模；民國九十九年（2010）二月，卸任社長，由歐陽開代接任，張國裕先生受聘為名譽社長；同年（2010）十月去世，參與天籟吟社逾一甲子。亦曾擔任臺北市詩人聯吟會副會長、澹社聯絡人，也曾參與庸社與松鶴吟社。

先生長期參與中華民國傳統詩學會，貢獻尤為卓著。歷任中華民國傳統詩學會理事、秘書長、常務理事、副理事長，民國八十年（1991）當選第六屆理事長，獲大成至聖先師奉祀官孔德成題贈「管領騷壇」，其後連任第七屆理事長，民國八十六年（1997）任滿後轉膺名譽理事長，

---

1 潘玉蘭：《天籟吟社研究》，頁84。

2 張國裕製作，楊維仁主編：《天籟新聲》（臺北市：萬卷樓圖書公司，2007年），頁184－185。

長期以來爲臺灣傳統詩壇領袖人物。

　　先生畢生致力推動傳統詩學，長期在各機關、社團、媒體講授詩學，屢獲教育部與文建會頒獎表揚，兩度率團作海峽兩岸文化交流，多次代表我國出席世界詩人大會，並榮獲世界藝術教育文化學院頒授榮譽文學博士。[3] 平生詩作散見於各選集與期刊，民國九十年（2011）天籟吟社楊維仁蒐羅遺作，輯爲《張國裕先生詩集》行世。吟唱〈滿江紅・金陵懷古〉之錄音收錄於洪澤南撰稿，林孝璘主講之《大家來吟詩》專輯之錄音帶。[4]

3　張國裕：《張國裕先生詩集》（臺北市：萬卷樓圖書公司，2011年），頁28。
4　洪澤南撰稿，林孝璘主講：《大家來吟詩》（臺北市：萬卷樓圖書公司，1999年）。

詩　選

秋興[5]　二首錄一

一角登樓望，天高肅氣橫。
籬邊黃菊豔，浦上白蘋生。
琴弄雙行淚，砧催萬里情。
回看窮目處，渺渺火雲平。

柳絮[6]

訏雪垂枝颺嫩風，柔情眷戀館娃宮。
纏綿別有銷魂樹，無著浮心一夢中。

松濤　松社成立五十週年紀念[7]

似浪翻騰勢偉奇，萬千氣象動虯枝。
試看籟挾風雷發，古幹蟠龍欲化時。

夏威夷雜詠[8]　五首錄一

烽火當年此啟端，汪洋萬里戰場寬。
降旛早濺櫻花淚，無復悲歌易水寒。

5　原刊於張國裕：《張國裕先生詩集》，頁 157。作者自註：民國卅九年（1950）薇
　　閣詩社第三期徵詩，〈秋興〉兩首為一組，右詞宗林文訪先生選為第八名。
6　此詩於 1949 年 2 月 1 日榮獲太老師林述三先生手書礪心齋學院「特上獎」獎勵。
　　見潘玉蘭：《天籟吟社研究》，頁 8。
7　原刊於張國裕：《張國裕先生詩集》，頁 64。
8　原刊於中華民國傳統詩學會編：《傳統詩集》（第二輯），頁 62。

春耕 [9]

扶犁叱犢值新寒，料峭風前飽五餐。

倘向硯田勤下種，筆花三月燦騷壇。

海峽兩岸文化交流 [10]

閩都勝會萃群賢，隔海人來喜結緣。

從此燃其詩可廢，賡歌同詠鶺鴒篇。

納涼 [11]

解慍南薰薦爽頻，半窗蕉影最堪親。

書生不作趨炎客，坐領清風自養神。

秋信 [12]

一葉梧桐墜井南，知時味憶菜根譚。

青衿我慣風霜試，何必商聲報再三。

9 原刊於《中國詩文之友》第 435 期（1991 年 4 月），頁 59。

10 原刊於《台灣古典詩擊鉢雙月刊》第 6 期（1995 年 9 月），頁 20。編者按：1995
   年 4 月，時任中華民國傳統詩學會理事長，率團前往福建作文化交流。

11 原刊於中華民國傳統詩學會編：《傳統詩集》（第六輯），頁 188。

12 原刊於《乾坤詩刊》第 21 期（2002 年 1 月），頁 27。

解慍風 [13]

幾陣涼生夏日中，南薰薦爽到簾櫳。
詩人不是趨炎客，一扇清添兩袖風。

丹心貫日月 [14]

唯天可表冠人寰，忠義精神塞兩間。
衛國吾甘生死以，長師先烈保臺灣。

次韻月娥學姊 [15]

月旦評題費苦辛，娥眉壇坫是名人。
登臺一曲清平調，未悉伊誰敢望塵。

梅 [16]

乘興栽培庾嶺花，養成玉蕊蘸朝霞。
凌霜豔奪群芳色，鬥雪香餘一段嘉。
雅夢曾垂高士帳，柔情更作美人家。
番風送信誰先得，驛使傳來春滿葩。

---

13 原刊於《乾坤詩刊》第 25 期（2003 年 1 月），頁 140。
14 2003 年 9 月 21 日瀛竹蘆三社聯吟所作，原刊於張國裕：《張國裕先生詩集》，頁 98。
15 原刊於莫月娥著，楊維仁主編：《莫月娥先生詩集》（臺北市：萬卷樓圖書公司，2021 年），頁 300。
16 原刊於陳鐵厚編：《天籟吟社集》，頁 24 下。

甲午重陽淡水滬尾山登高 [17]

開懷滬尾小山頭，林下題糕紀勝遊。

黃菊逗香宜九日，碧濤餘響撼三秋。

登臨坐上誰無句，飄落天涯尚有愁。

曳杖步趨元老後，斜陽帆影繞芳洲。

華江橋遠眺 [18]

極目橋頭似鯽蹤，人潮車馬自從容。

東輝稻市華燈豔，北引蘆洲暮靄濃。

足下波光餘激灩，眼中嵐色抹葱蘢。

凝眸十里滔滔水，韻協龍山百八鐘。

次高策老六一韻 [19]

咫尺名潭碧似流，未斑鬢髮甲初周。

高風不愧雲中鶴，舊雨多為海上鷗。

星耀長庚詩作頌，樽傾金谷醉堪謀。

十年早我成前輩，坐領文山近水樓。

---

17 原刊於《詩文之友》第 3 卷第 3 期（1954 年 12 月），頁 15，詩題誤刊為〈甲午重陽淡水滬尾登山高〉。編者參照《臺灣詩壇》第 7 卷第 5 期（1954 年 11 月），頁 1－4，于右任、賈景德二老作〈甲午重九滬尾山登高〉，同作者眾，其中曾今可等人之詩題為〈甲午重陽淡水滬尾山登高〉，據此校正此詩詩題。

18 原刊於洪寶昆編：《臺灣擊鉢詩選第三集》，頁 23。

19 此詩祝賀高策軒先生六一生長，原刊於曾文新主編：《新生詩苑》，頁 196。

遊板橋林家花園歌頌林園之美[20]　二首錄一

林園景色美堪謳，似海門深翠欲流。
遠近來青留眼底，萬千往事湧心頭。
天涯客夢家山渺，壁上詞華歲月悠。
不盡人間興替感，振衣拾級強登樓。

馬關條約一百年[21]

海隔婆娑望落暉，當年黃虎擁雲旂。
春殘帆杳樓應在，鼎革星移境已非。
血汗能開新際遇，河山豈保舊權威。
南溟百載容鯤徙，奮續鵬程振翼飛。

賀母校大龍峒公學校百週年校慶[22]　二首錄一

菊徵萬壽豔迎秋，百載稱觴萃勝儔。
伏櫪未甘來老驥，營巢卻喜換新鳩。
有情天地書香永，無恙江山鐸韻遒。
畢竟綱常名教地，孜孜汲汲勉勤修。

---

20 原刊於張國裕：《張國裕先生詩集》，頁111。
21 原刊於中華民國傳統詩學會編：《傳統詩集》（第六輯），頁189。
22 原刊於中華民國傳統詩學會編：《傳統詩集》（第六輯），頁189。

鱟江夏日觀濤 [23]

避暑基津遠市囂，弄潮兒女興偏豪。
洪流浪熱欺三伏，巨浸風翻第六鰲。
照眼婆娑蒼海闊，縐眉領略火雲高。
欣看鱟浦多鷗鷺，雅狎文瀾振楚騷。

臺海吟望 [24]

蕞爾臺澎歲月更，海天風雨苦難晴。
其誰飛彈威猶嚇，迫我操戈感莫名。
立世應求尊禮節，近鄰相處貴和平。
咸知鯤徙南溟久，冀盼推誠策共榮。

---

23 原刊於《台灣古典詩擊鉢雙月刊》第 25 期（1998 年 11 月），頁 86。
24 原刊於張國裕：《張國裕先生詩集》，頁 153。

莫月娥女史詩選

先賢小傳

　　莫月娥[1]（1934～2017），昭和九年（1934）生於臺北，幼年時期曾接受日治臺灣小學教育，後於民國三十八年（1949）師事捲籟軒黃笑園夫子，為天籟吟社創辦人礪心齋林述三先生之再傳弟子，由此奠定傳統詩文之素養。戰後入天籟吟社[2]，自民國四十五年（1956）八月起，其詩作開始陸續發表於《詩文之友》、《中國詩文之友》、《中華詩苑》、《中華藝苑》、《臺灣古典詩擊缽雙月刊》、《中華詩壇》等詩刊[3]，經常參與或出席捲籟軒、淡北吟社、天籟吟社、澹社、竹社、蓮社、澹竹蘆三社聯吟、中華民國傳統詩學會等詩社擊缽聯吟活動，活躍詩壇。[4]

　　莫月娥女史數十年來以推廣詩教為職志，擔任電台、基金會、教師研習中心、救國團、學校、社區大學漢詩研習班等各個機關、社團、媒體之詩學講座與吟詩指導，教

1　莫月娥生平詳見莫月娥著，楊維仁主編：《莫月娥先生詩集・莫月娥先生年表》，頁 224－235。又莫月娥於民國 59 年（1970）與李性常將軍結婚，冠夫姓，身分證姓名為「李莫月娥」，編者依從原名「莫月娥」，參見莫月娥著，楊維仁主編：《莫月娥先生詩集》，頁 226。
2　潘玉蘭：《天籟吟社研究》，頁 90。
3　莫月娥著，楊維仁主編：《莫月娥先生詩集》，頁 27、295。
4　莫月娥於民國五十九年（1970）婚後相夫教子漸少參與詩社活動，直至民國七十年（1981）其子李惟仁十歲才逐漸恢復。參見莫月娥著，楊維仁主編：《莫月娥先生詩集》，楊維仁〈編後語〉、李惟仁〈感恩詞〉，頁 297－298。

授對象從學生、老師，到社會人士，乃至樂齡團體，並時常獲邀出席頒獎典禮、展覽、雅集進行吟唱示範，其「天籟調」吟唱方式平仄抑揚、聲韻鏗然，吟蹤遍佈臺澎以及中國大陸南北各地，詩壇譽為「臺灣吟詩冠冕」[5]，《2017臺灣文學年鑑》稱之為「國寶詩人」，深受學界之重視。[6]其遺音另收錄於邱燮友教授《唐詩朗誦》專輯、洪澤南撰稿，林孝璘主講之《大家來吟詩》專輯。[7]

　　民國六十二年（1973），任中華民國詩社聯合社理事；民國八十六年（1997）六月任中華學術院詩學研究所研究委員；同年（1997）十二月任中華民國傳統詩學會理事，民國九十二年（2003）起任中華民國傳統詩學會副理事長[8]；民國九十三年（2004）曾代理中華民國傳統詩學會理事長，民國九十九年（2010）起擔任澹社聯絡人，民國

5　莫月娥吟唱，楊維仁製作：《大雅天籟：莫月娥古典詩吟唱專輯》，張國裕〈序〉，頁2；以及莫月娥著，楊維仁主編：《莫月娥先生詩集》，頁296。

6　莫月娥吟唱引起學界之重視，可溯源自邱燮友教授《唐詩朗誦》收錄其吟唱〈江南逢李龜年〉、〈夜雨寄北〉、〈清平調〉等詩，自此天籟調聞名於大專院校；後有高嘉穗《臺灣傳統吟詩音樂研究》以其為詩壇吟詩代表做為研究對象之一，及楊湘玲：〈淺探臺灣傳統吟詩調的音樂結構：以「天籟吟社」，莫月娥先生所吟七言絕句為例〉（《臺灣音樂研究》第4期，2007年），頁83－103。又莫月娥亦曾以日治及戰後初期古典詩女性創作者身分，獲淡江大學女性文學研究室邀請參與「女性文學團體的運作與功能」座談會，座談紀錄刊載於邱貴芬、莫月娥、邱七七：〈女性文學團體的運作與功能〉（《中國女性文學研究室學刊》第3期，2001年11月15日），頁10－21。

7　莫月娥著，楊維仁製作：《莫月娥先生詩集》，頁3、頁229。

8　民國98年（2009）、民國101年（2012）、民國104年（2015）亦獲連任，參見莫月娥著，楊維仁製作：《莫月娥先生詩集‧莫月娥先生年表》，頁231－232。

一○○年（2011）任天籟吟社理事，民國一○二年（2013）任天籟吟社顧問，著有《捲籟軒師友集》（與黃笑園、唐羽、黃篤生合著），並曾發行《大雅天籟：莫月娥古典詩吟唱專輯》。民國一○六年（2017）辭世，由楊維仁輯得詩聯七百餘首，編爲《莫月娥先生詩集》，於民國一一○年（2021）出版。

詩　選

晴煙[9]

莫訝濛濛霧，浮空亂不齊。
春風吹淡蕩，直上白雲梯。

訪春[10]

一識東風面，奚辭跋涉忙。
聲喧聞燕語，路狹入羊腸。
淑氣儂無恙，癡情客欲狂。
桃花何處是，數問立溪旁。

臺日兩社聯吟雅集有感[11]

岳精吟詠客，雅會禮彬彬。
情契如膠漆，歡騰忘主賓。
遏雲聲嘹亮，擲地句清新。
不待東風入，梅櫻別有神。

9　原刊於莫月娥著，楊維仁主編：《莫月娥先生詩集》，頁 49。
10 原刊於莫月娥著，楊維仁主編：《莫月娥先生詩集》，頁 177。
11 原刊於莫月娥著，楊維仁主編：《莫月娥先生詩集》，頁 203。

驟雨 [12]

豈是天公洗甲兵，沛然急似大盆傾。
東阡水滿西阡旱，恩渥如何兩樣情。

橫貫公路 [13]

奔塵車馬出層峰，鑿破危崖幾萬重。
漫說崎嶇同蜀道，直通花市認歸蹤。

睡貓 [14]

不減餘威鼠瞰愁，溪魚飽飯正垂頭。
狸奴也解華胥夢，偶向花陰小閉眸。

陽明山記遊 [15]

無限風光二月中，山涵翠色雨濛濛。
鵑紅櫻老陽明道，一樣看花感不同。

---

12 原刊於莫月娥著，楊維仁主編：《莫月娥先生詩集》，頁 40。
13 原刊於莫月娥著，楊維仁主編：《莫月娥先生詩集》，頁 63。
14 原刊於莫月娥著，楊維仁主編：《莫月娥先生詩集》，頁 79。
15 原刊於莫月娥著，楊維仁主編：《莫月娥先生詩集》，頁 102。

靜夜 [16]

蟾光桂影夜遲遲，獨倚欄干有所思。

為奉高堂全子職，自嗟生不是男兒。

書香薪傳 [17]

未亡秦火賴儒生，字字芬芳一炬明。

啟後承先原有種，燃燒不斷在詩城。

暮春有感 [18]

九十韶華景欲遷，催詩鬥句競成妍。

若云一事堪長慰，不墜青雲老益堅。

懷恩師 [19]　六首錄一

六十年前教誨恩，詩書朗讀日黃昏。

稱心一曲清平調，笑影難忘捲籟軒。

---

16 原刊於莫月娥著，楊維仁主編：《莫月娥先生詩集》，頁 102。

17 原刊於莫月娥著，楊維仁主編：《莫月娥先生詩集》，頁 142。以文吟社辛巳端午
全國聯吟大會。編者按：此詩之吟唱錄音收錄於莫月娥吟唱，楊維仁製作：《大雅
天籟：莫月娥古典詩吟唱專輯》，頁 61。

18 原刊於莫月娥著，楊維仁主編：《莫月娥先生詩集》，頁 199。

19 原刊於莫月娥著，楊維仁主編：《莫月娥先生詩集》，頁 204。

鷗盟 [20]

相親鎮日駐鸞鑣，聚首天涯不自聊。
塵海論交情更切，蘆洲待宿志猶超。
劇憐泛泛閒身似，也解洋洋得態驕。
避世焉能同此侶，隨波上下感逍遙。

迎歲梅 [21]

應知明月是前身，玉骨冰肌別出神。
破臘不忘林下客，含情欲寄隴頭人。
幾枝庾嶺年華改，一片孤山物候新。
雪裡吟香留瘦影，莫教攀折好迎春。

金龍寺參禪 [22]

閒叩金龍且學禪，玄機靜處感無邊。
聞鐘早已歸三界，面壁還思坐九年。
悟到是非原似夢，本來色相幻如煙。
靈臺肯許塵埃染，一點光明照大千。

---

20 原刊於莫月娥著，楊維仁主編：《莫月娥先生詩集》，頁 59。
21 原刊於莫月娥著，楊維仁主編：《莫月娥先生詩集》，頁 66。
22 原刊於莫月娥著，楊維仁主編：《莫月娥先生詩集》，頁 67。

靈源寺雅集 [23]

遙看錫口景翻新，鷗鷺聯盟笑語親。

蓮社敲詩三鼎足，騷壇鬥韻一吟身。

場中結契攤箋急，寺裡逍遙作賦頻。

最好今朝同聚首，更從翰墨證前因。

觀紙鳶 [24]

飛鴻疑假又疑真，巧用新裁別出神。

天際翱翔如有路，日邊縹緲著無垠。

層霄惟恐乘風少，一線何妨奮翅頻。

不負得時吹借力，悠悠望斷隔埃塵。

夏日謁彌陀寺 [25]

來參蘭若客停驄，寶殿巍峨壯大雄。

禪諦蘇髯塵慮淨，醉吟陶令俗情同。

泥沾屐齒梅催雨，浪起山腰麥捲風。

向晚鐘飄屯嶺外，教人深省一聲中。

---

23 原刊於莫月娥著，楊維仁主編：《莫月娥先生詩集》，頁 69。淡北吟社高山文社松社聯吟掄元。

24 此詩異文：《臺灣擊鉢詩選第二集》作「著無垠」，《莫月娥先生詩集》作「若無垠」，編者以前出的《臺灣擊鉢詩選第二集》為準。參見洪寶昆、高泰山編：《臺灣擊鉢詩選第二集》，頁 68；莫月娥著，楊維仁主編：《莫月娥先生詩集》，頁 72。

25 原刊於莫月娥著，楊維仁主編：《莫月娥先生詩集》，頁 90。

溪居 [26]

石上清風澗底濤，安瀾一賦息塵勞。
浣花杜甫情偏逸，七里嚴光意自陶。
水潔茶烹分小杓，月明菱採泛輕舠。
武陵怕引漁郎至，屋畔牆邊不種桃。

母恩 [27]

含苦茹辛歲月更，山高何以報親生。
慈顏欲養光陰老，德澤常披草木榮。
杖泣萱堂憐弱質，字留荻筆記深情。
可知遊子衣中線，浩蕩牽隨萬里程。

推廣米食 [28]

多勞主婦巧炊工，粳秫無分雅味同。
舌底寧忘香粒粒，眉端尚見樂融融。
加餐一語情偏重，飽飯終朝歲又豐。
脫粟不遺身獨健，何須速食逐西風。

---

26 原刊於莫月娥著，楊維仁主編：《莫月娥先生詩集》，頁 95。
27 原刊於莫月娥著，楊維仁主編：《莫月娥先生詩集》，頁 107。
28 原刊於莫月娥著，楊維仁主編：《莫月娥先生詩集》，頁 109。臺灣省糧食局徵詩
　　第三名。

參考文獻

方志

中華綜合發展研究院應用史學研究所總編纂：《新店市志》，臺北縣：
　　新店市公所，2006 年。

盛清沂總纂：《臺北縣志》，臺北縣：臺北縣文獻委員會，1960 年，

許俊雅撰稿：《續修臺北市志‧卷八‧文化志‧文學篇》，臺北市：臺
　　北市立文獻館，2017 年。

圖書目錄

吳福助、黃震南主編，許惠玟審訂：《臺灣漢語傳統文學目錄新編》，
　　臺南市：國立臺灣文學館，2013 年。

黃美娥編著：《日治時期臺北地區文學作品目錄》，臺北市：臺北市文
　　獻委員會，2003 年。

專書

丁潤如、吳劍鋒編：《網溪詩集》，臺北縣：中華民國網溪詩社，1986 年。

丁潤如、吳劍鋒編：《網溪詩集》（續集），臺北縣：中華民國網溪詩社，
　　1990 年。

中華民國傳統詩學會編：《傳統詩集》（第一輯），臺北市：中華民國
　　傳統詩學會，1979 年。

中華民國傳統詩學會編：《傳統詩集》（第二輯），臺北市：中華民國
　　傳統詩學會，1982 年。

中華民國傳統詩學會編：《傳統詩集》（第三輯），臺北市：中華民國

傳統詩學會，1985 年。

中華民國傳統詩學會編：《傳統詩集》（第四輯），臺北市：中華民國
　　傳統詩學會，1988 年。

中華民國傳統詩學會編：《傳統詩集》（第五輯），臺北市：中華民國
　　傳統詩學會，1994 年。

中華民國傳統詩學會編：《傳統詩集》（第六輯），臺北市：中華民國
　　傳統詩學會，1997 年。

天籟吟社幹事組編：《天籟詩集》，臺北市：天籟吟社，1988 年。

全臺詩編輯小組編撰：《全臺詩》第肆拾冊，臺南市：國立臺灣文學館，
　　2015 年。

吳劍鋒等編：《網溪詩集》（第三輯），臺北縣：中華民國網溪詩社，
　　1991 年。

李騰嶽編：《辛卯全國詩人大會集》，臺北市：臺灣省文獻委員會，
　　1951 年。

邱旭伶著：《臺灣藝妲風華》，臺北市：玉山社出版公司，1999 年。

邱燮友採編：《唐詩朗誦》，臺北市：東大圖書公司，1976 年。

周定山編：《臺灣擊鉢詩選》，臺北市：詩文之友社，1964 年。

林正三編著：《續修臺灣瀛社志》，新北市：臺灣瀛社詩學會，2017 年。

林述三：《礪心齋詩集》，臺北市：礪心齋同學會，1950 年。

林錫牙：《讀父書樓詩集》，臺北市：正言月刊雜誌社，1979 年。

林枝鄉：《天賜貴人：林枝鄉傳奇人生的感恩》，新北市：大香山慈音
　　巖管理委員會，2017 年。

革命實踐研究院中興詩歌社、臺北市文獻委員會端午詩社等編：《中華
　　民國詩人及其詩》，臺北市：臺北市文獻委員會端午詩社，1973 年。

凌淨嫆、高雪芬編：《勸世詩選》，臺北市：正言月刊社發行，1972 年。

凌淨嫆著，高雪芬編校：《淨嫆遺詩》，臺北市，正言月刊雜誌社，
　　1979 年。

黃洪炎編：《瀛海詩集》，臺北市：臺灣詩人名鑑刊行會，1940 年。

洪寶昆、高泰山編：《臺灣擊鉢詩選第二集》，臺北市：詩文之友社，
　　1969 年。

洪寶昆編：《臺灣擊鉢詩選第三集》，彰化縣：詩文之友社，1973 年。

洪澤南撰稿，林孝璘主講：《大家來吟詩》，臺北市：萬卷樓圖書公司，
　　1999 年。

苓洲吟社編：《高雄苓洲吟社徵詩初集》，高雄市：苓洲吟社，1931 年。

張國裕製作，楊維仁主編：《天籟新聲》，臺北市：萬卷樓圖書公司，
　　2007 年。

張國裕：《張國裕先生詩集》，臺北市：萬卷樓圖書公司，2011 年。

張國裕製作，楊維仁主編：《天籟元音》，臺北市：萬卷樓圖書公司，
　　2013 年 6 月。

淡江大學文錙藝術中心編：《翰墨珠林──臺灣書法傳承展作品集》，臺
　　北縣：淡江大學文錙藝術中心，2004 年。

莊幼岳：《紅梅山館詩草》，新北市：龍文出版社，2011 年。

莊幼岳編：《庸社風義錄》，新北市：龍文出版社，2011 年。

莫月娥吟唱，楊維仁製作：《大雅天籟：莫月娥古典詩吟唱專輯》，臺北市：
　　萬卷樓圖書公司，2003 年。

莫月娥著，楊維仁主編：《莫月娥先生詩集》，臺北市：萬卷樓圖書公司，
　　2021 年。

許俊雅、吳福助編：《全臺賦》，臺南市：國家臺灣文學館籌備處，2006 年。

許俊雅、李志遠編：《全臺詞》，臺南市：國立臺灣文學館，2017 年。

陳鐓厚編：《天籟吟社集》，臺北市：芸香齋，1951 年。

陳炳華主編：《中國古今書畫名人大辭典》，天津市：天津古籍出版社，1998 年。

曾笑雲編：《東寧擊鉢吟前集》，臺北市：陳鐵厚，1934 年。

曾笑雲編：《東寧擊鉢吟後集》，臺北市：吳永遠，1936 年。

曾文新主編：《新生詩苑》，臺北市：臺灣新生報社出版部，1984 年。

黃贊鈞等著：《庚寅上巳新蘭亭修禊集》臺北市：出版者不詳，1950 年。

黃笑園等著，楊維仁主編：《捲籟軒師友集》，臺北市：萬卷樓圖書公司，2013 年

黃笑園著，楊維仁主編：《捲籟軒黃笑園詩集》，新北市：財團法人黃笑園文學基金會，2014 年。

楊千鶴著，張良澤、林智美譯：《人生的三稜鏡：一位傑出臺灣女作家的自傳》，臺北市：前衛出版社，1995 年。

楊維仁製作，張富鈞主編：《天籟清詠》，臺北市：萬卷樓圖書公司，2020 年。

當代文學史料研究社：《當代文學史料研究叢刊》第二輯，臺北市：大呂出版社，1987 年。

鄭金柱編：《現代傑作愛國詩選集》，臺北市：鷺洲吟社外務部，1939 年。

歐陽開代製作，楊維仁主編：《天籟吟社九十週年紀念集》，臺北市：萬卷樓圖書公司，2010 年。

潘玉蘭：《天籟吟社研究》，臺北市：萬卷樓圖書公司，2010 年。

賴子清編：《中華詩典》，臺北市：編者自刊，1965 年。

賴子清編：《臺海詩珠》，臺北市，編者自刊，1982 年。

賴子清編：《臺灣詩海》，臺北縣：龍文出版社，2006 年。

顏娟英、蔡家丘總策畫：《臺灣美術兩百年（上）：摩登時代》臺北市：春山出版社，2022 年。

瀛社創立六十週年紀念集編輯委員會編：《瀛社創立六十週年紀念集》，
　　臺北市：瀛社辦事處，1969 年。

蘇碩斌總編輯：《2017 臺灣文學年鑑》，臺南市：臺灣文學館，2018 年。

蘇潭編輯：《覺修錄鸞稿拾遺合冊》，臺北市：覺修宮，1938 年。

學位論文

王文顏：《臺灣詩社之研究》，國立政治大學中文所碩士論文，1979 年。

高嘉穗：《臺灣傳統吟詩音樂研究》，臺灣師範大學音樂系研究所碩士
　　論文，1996 年。

吳品賢：《日治時期臺灣女性古典詩作研究》，國立臺灣師範大學國文
　　研究所碩士論文，2001 年。

張端然：《日治時期瀛社之研究》，中國文化大學中國文學研究所碩士
　　在職專班碩士論文，2003 年。

莊于寬：《1930 年代臺灣藝旦的音樂活動──以《三六九小報》為主要
　　分析文獻》，臺灣大學音樂學研究所碩士論文，2004 年。

劉金花：《龍潭客庄詩社社群發微：以陶社、龍吟詩社為例》，國立中
　　央大學客家研究碩士在職專班碩士論文，2014 年。

單篇論文

毛一波：〈臺北縣詩略〉，《臺北縣文獻叢輯》第二輯，1956 年，頁
　　389-422。

何義麟：〈戰後初期臺灣之雜誌創刊熱潮〉，《全國新書資訊月刊》第
　　105 期，2007 年 09 月，頁 18-22。

何維剛：〈天籟吟社一百週年考辨〉，《國文天地》第 38 卷第 1 期，
　　2022 年 6 月，頁 14-27。

吳漫沙：〈臺北的藝旦〉，《聯合文學》第 3 期，1985 年，頁 74-76。

吳雅琪：〈戰後臺灣婦女雜誌的長青樹——《臺灣婦女》月刊〉，《近代中國婦女史研究》第 16 期，2008 年 12 月，頁 279。

林惠正：〈大稻埕——尋訪同安人的商業成就〉，《漢聲雜誌》第 20 期，1989 年 3 月，頁 60-65。

林秋敏：〈臺灣省新運婦女工作委員會與戰後初期臺灣婦女工作〉，《國史館學術集刊》第 3 期，2003 年，頁 296。

林秋敏：〈謝娥與臺灣省婦女會的成立及初期工作〉，《臺灣文獻》第 63 卷第 1 期，2012 年 3 月，頁 297-298。

林立智：〈天籟先賢詩人剪影〉，《國文天地》第 38 卷第 1 期，2022 年 6 月，頁 28-39。

邱煇塘：〈《全臺詩》之大醇小疵〉，《臺灣學研究》6 月第 3 期，2007 年，頁 66-87。

邱貴芬、莫月娥、邱七七：〈女性文學團體的運作與功能〉，《中國女性文學研究室學刊》第 3 期，2001 年 11 月 15 日，頁 10-21。

高嘉穗：〈台灣人吟詩〉，《台灣的聲音》第 2 卷第 1 期，1995 年 1 月，頁 68-80。

張典婉：〈筆縷成阡陌——臺灣第一位女記者〉，《臺北人》創刊號，1987 年 9 月 1 日，頁 90-95。

莊惠惇：〈戰後初期臺灣的雜誌文化（1945.8.15~1947.2.28）〉，《臺灣風物》第 49 卷第 1 期，1999 年 3 月，頁 51-81。

許毓良：〈戰後臺灣史研究的開啟：以 1945~1949 年臺灣各類型雜誌刊載的內容爲例（上）〉，《輔仁歷史學報》第 21 期，2008 年 12 月，頁 191-251。

許毓良：〈戰後臺灣史研究的開啟：以 1945~1949 年臺灣各類型雜誌刊

載的內容為例（下）〉，《輔仁歷史學報》第 23 期，2009 年 6 月，頁 267-336。

郭明芳：〈黃敬《易經初學義類》流傳與刊行顛末 - 兼談黃氏高弟楊克彰著述存佚〉，《東海大學圖書館館刊》第 50 期，2020 年，頁 14-26。

陳世慶：〈星社〉，《臺北文物》第 4 卷第 4 期，1956 年 2 月，頁 43-59。

陳驚癡：〈天籟吟社與林述三〉，《臺北文物》第 2 卷第 3 期，1953 年 11 月，頁 74-77。

陳鐓厚：〈偷閒錄與偷閒集考〉，《臺北文物》第 2 卷第 2 期，1953 年，頁 105-106。

陳鐓厚：〈百壽詩錄序〉，《臺北文獻》直字第 36 期，1976 年，頁 79。

黃得時：〈大稻埕發展史──古往今來話臺北之二〉，《臺北文物》第 2 卷第 1 期，1953 年 4 月，頁 81-94。

黃武忠：〈小立花間唱妙詞：文人與藝旦唱和詩小輯〉，《聯合文學》第 3 期，1996 年，頁 80-87。

楊湘玲：〈淺探臺灣傳統吟詩調的音樂結構：以「天籟吟社」，莫月娥先生所吟七言絕句為例〉，《臺灣音樂研究》第 4 期，2007 年 4 月，頁 83-103。

楊維仁：〈天籟調與天籟吟社〉，《國文天地》第 38 卷第 1 期，2022 年 6 月，頁 57-62。

鄭喜夫：〈臺北著述志稿〉，《臺北文獻》直字第 69 期，1984 年，頁 5-53。

簡錦松：〈一九九四年臺灣傳統詩社現況之調查〉，《文訊》第 66 期總第 104 號，1994 年，頁 17-21。

報紙雜誌

《臺南新報》,臺南市:臺南新報社。

《中華詩苑》、《中華藝苑》,臺北市:中華詩苑月刊社。

《天籟》,臺北市:礪心齋同學會。

《台灣古典詩擊鉢雙月刊》,彰化縣:台灣古典詩擊鉢雙月刊雜誌社。

《台灣新生報》,臺北市:台灣新生報社。

《南方》,臺北市:南方雜誌社。

《南瀛佛教會會報》、《南瀛佛教》,臺北市:南瀛佛教會。

《南瀛新報》,臺北市:南瀛新報社。

《風月》、《風月報》,臺北市:風月俱樂部。

《乾坤詩刊》,臺北縣:乾坤詩刊雜誌社。

《新風》,臺北市:昌明誌社。

《詩文之友》、《中國詩文之友》,彰化縣:中國詩文之友雜誌社。

《詩報》,桃園縣:吟稿合刊詩報社。

《臺灣日日新報》、《漢文臺灣日日新報》,臺北市:臺灣日日新報社。

《臺灣詩壇》,臺北市:臺灣詩壇月刊社。

《藻香文藝》,臺北市:藻香文藝社。

網路資料

《女史無國界》,國立臺灣大學圖書館數位典藏館

資源網址:https://dl.lib.ntu.edu.tw/s/mn0018/page/home

編輯感言

張家菀、莊岳璘

天籟喜迎百年社慶，特別出版：《天籟吟社先賢詩選》、《天籟吟社舊籍復刻》、《天籟吟社百年紀念學術研討會論文集》及《天籟詩獎得獎作品集 2018~2022》，並集爲《天籟吟社百年紀念叢書》。出版籌備工作於二〇二二年三月廿七日正式展開，家菀與岳璘深感榮幸，能受到維仁社長邀請，盡微薄之力，投身《天籟吟社先賢詩選》編輯工作。

四月九日，維仁社長召開首次編輯會議，並成立「天籟先賢詩選」工作群組。維仁社長帶來多年搜得之文獻資料，並初選十五位先賢，請我們各爲五位先賢考證生平，精選作品。維仁社長也與我們共同商議，以歷史意義、文學思想、審美感受、交誼行跡等作爲選詩標準，同時需顧及各體兼備，以及作品的時代分期，讓詩選更具多元性。

天籟先賢少有完整的年譜資料，生平略歷散見於詩刊、方志、論文研究之中，各處記載繁簡不一，甚至偶有出入。而先賢詩作則大多散落於報紙、詩刊、詩選集等出版品中。即使先賢著有個人詩集，各體作品卻未必收錄完全，因此仍需大量翻閱各期、各類文獻資料。有些手抄報刊，或者油印詩集因年代久遠，導致墨水褪色或暈染，內容早已難以辨別；有些刊物屬非賣品，刊印數量不多，僅分送當時社員，雖不屬海內孤本，卻也不易尋得；有些網路資料庫並不完備，或者圖像掃描不清，因此查閱電子資源之餘，仍需時常到各圖書館調閱紙本文獻，一一檢視，並加以比對。我們將編輯期間所查閱的文獻資料條列於書末，以供讀者參考。

在編輯這本詩選之前，我們對於幾位先賢的認識並不深入。在考證

傳記資料後，才發現天籟先賢與我們的大學社團竟有幾段淵源。家菀曾參與淡江大學驚聲詩社，民國八十五年，驚聲以凌淨嫆女史所吟之〈春江花月夜〉榮獲「中華民國大專青年詩人聯吟大賽」吟唱組第四名。岳璘則是東吳大學停雲詩社社員，該社以天籟名曲〈春江花月夜〉作為社歌，創社之初，本以國語歌唱，後來有幸獲得林安邦先生指導，才改以河洛漢語吟唱，並傳唱至今。我們還發現，天籟先賢的貢獻，不僅僅是「功在騷壇」，更為臺灣社會的公平正義做出極大貢獻，例如姚敏瑄女史嘗呼籲社會關注養女問題，奠定性別平等的基礎，為臺灣女權運動之先驅。

整理先賢資料之際，聆聽遺音，品讀詩作，閱覽生平事蹟，先賢彷彿未曾離去，我們也不免感嘆先賢精彩的生命史，及豐富創作。家菀與岳璘為天籟後學，才學未如十五位先賢，卻斗膽掄選先賢詩作，尤是誠惶誠恐。編輯期間，承蒙維仁社長諸多幫助，不吝出借大量珍貴文獻資料，並憑藉數十年的古典詩功力，判斷爭議之處；又承擔主編重責大任，耐心指導，掌控編輯日程，督促工作進度，並給予溫暖的關懷與鼓勵。倘若沒有維仁社長，本書絕對無法出版。

同時也要感謝萬卷樓圖書公司張晏瑞總編輯協助出版，前臺灣省文獻委員會林文龍研究員題序，國立中興大學臺灣文學與跨國文化研究所廖振富教授指導，張富鈞總幹事提供先賢編輯建議，以及所有於詩選工作期間提供幫助的師友們，正因有著大家的幫助，才能順利完成編輯工作。本書出版後，祈請詩壇大雅不吝指正。也期待天籟先賢能重新為詩壇所認識，並希望社會大眾能更加珍視臺灣的古典詩。

文學研究叢書・古典詩學叢刊 0804025

天籟吟社先賢詩選

製　　作	楊維仁
合　　編	楊維仁、張家菀、莊岳璘
封面設計	徐上婷

臺北市天籟吟社

發 行 人　林慶彰

總 經 理　梁錦興

總 編 輯　張晏瑞

編 輯 所　萬卷樓圖書股份有限公司

　　　　　臺北市羅斯福路二段 41 號 6 樓之 3

　　　　　電話 (02)23216565

　　　　　傳真 (02)23218698

發　　行　萬卷樓圖書股份有限公司

　　　　　臺北市羅斯福路二段 41 號 6 樓之 3

　　　　　電話 (02)23216565

　　　　　傳真 (02)23218698

　　　　　電郵 SERVICE@WANJUAN.COM.TW

香港經銷　香港聯合書刊物流有限公司

　　　　　電話 (852)21502100

　　　　　傳真 (852)23560735

ISBN　978-986-478-758-6

2022 年 11 月初版一刷

定價：新臺幣 360 元

如何購買本書：

1. 劃撥購書，請透過以下郵政劃撥帳號：

　　帳號：15624015

　　戶名：萬卷樓圖書股份有限公司

2. 轉帳購書，請透過以下帳戶

　　合作金庫銀行 古亭分行

　　戶名：萬卷樓圖書股份有限公司

　　帳號：0877717092596

3. 網路購書，請透過萬卷樓網站

　　網址 WWW.WANJUAN.COM.TW

大量購書，請直接聯繫我們，將有專人為您

服務。客服：(02)23216565 分機 610

如有缺頁、破損或裝訂錯誤，請寄回更換

國家圖書館出版品預行編目資料

天籟吟社先賢詩選/楊維仁, 張家菀, 莊岳璘合
編.-- 初版.-- 臺北市：萬卷樓圖書股份有限
公司, 2022.11

面 ； 公分.--(文學研究叢書. 古典詩學叢刊 ；
804025)

ISBN 978-986-478-758-6(平裝)

863.5　　　　　　　　　　　111014923